万象文库
长篇小说

往事冰融

王强 著

人民日报出版社·北京

图书在版编目（CIP）数据

往事冰融／王强著．—北京：人民日报出版社，
2019.9
ISBN 978－7－5115－6178－7

Ⅰ.①往… Ⅱ.①王… Ⅲ.①长篇小说—中国—当代
Ⅳ.①I247.5

中国版本图书馆 CIP 数据核字（2019）第 191407 号

书　　　名：**往事冰融**
　　　　　　WANGSHI BINGRONG
著　　　者：王　强

出 版 人：董　伟
责任编辑：高　亮
封面设计：中联学林

出版发行：人民日报出版社
社　　　址：北京金台西路 2 号
邮政编码：100733
发行热线：（010）65369509　65369512　65363531　65363528
邮购热线：（010）65369530　65363527
编辑热线：（010）65369523
网　　　址：www. peopledailypress. com
经　　　销：新华书店
印　　　刷：三河市华东印刷有限公司

开　　　本：710mm×1000mm　1/16
字　　　数：154 千字
印　　　张：15.5
版次印次：2019 年 10 月第 1 版　　 2019 年 10 月第 1 次印刷

书　　　号：ISBN 978－7－5115－6178－7
定　　　价：58.00 元

记忆，随风成行，

涉过溪畔的轻烟，

沁入河水，随波潺潺。

此刻，我把文字，

聚成故事，让思绪飞扬，

几近天命，回首年华，

花开花落。

我依然在路上，拾香入砚。

往事如冰，愈渐融化，

便随笔滴落而至……

——题记

前　言

　　人生，无论是轰轰烈烈还是平平凡凡，都有很多回忆，值得铭记。

　　《往事冰融》是一封跨越时空的感谢信。作者王强先生满怀一腔热血和激情，以第一人称的视角入手创作，以主人公的求学、恋爱、工作等为线索，讲述了唐山大地震后，唐山的年轻人如何从苦难中走出来，并在成长、奋斗过程中重建家园、寻找人生意义的故事。

　　唐山抗震精神是中华民族精神的重要体现，在《往事冰融》的记述中，细腻的人物描写结合突出的年代事件，让人们的心灵受到巨大震撼，一幕幕往事的追忆也唤醒了人们的共情。读到深处，我禁不住流泪。同为七零后，在我眼里，王强先生不仅是一个德才兼备的兄长挚友，更是一位我的人生精神导师。有人说经历过大地震的人内心都会很强大，王强先生在创作过程中用心、用情、用功，他通过细腻的文笔所呈现的是一代人历经创痛后自我修复、笑对人生的故事，给读者以思考和鼓舞。

《第一播报》编审委员会书记、总编辑

陈志明

灰色童年

实在说不出是记忆的偏差还是本就如此，我对于童年的印象只有唯一的一种灰蒙蒙的颜色，总是闪现在自己的脑海，萦绕在自己的眼前……

孩提时代的我们不像当下的孩子们这么聪明，了解的知识多。现在想起来我的童年就是傻傻的童年，单纯，单一，没有玩具，没有玩伴，甚至于没有玩耍。但我对于童年的记忆有一道很明显的分水岭，那就是 1976 年 7 月 28 日。

或许是受大自然重大变故的影响，我对于童年的记忆自此就忽然清晰了起来。

其实，唐山大地震之前也有些支离破碎的场景，总是能让我把自己的童年非连贯性的回放起来。更准确地说，童年的记忆里只有零星几个人的身影，其他的人似乎是并没有生活在我的童年之中……

自从唐山抗震纪念墙落成之后，我每年都会至少在 7 月 28 日那天，怀着对永远挥之不去的曾经的记忆去看看。因为在高耸宽大、敦实厚重的抗震纪念墙上镌刻着的密密麻麻的名字中有四个人，恰好是那道记忆分水岭之前印象最深的人——王秀珍、孙连平、王辉、王颖。这四个人正是那场大地震中，家族里面遇难的四位亲人。

王秀珍是我的大姑。

父亲兄妹七个，其中兄弟五个，两个妹妹。如此多的兄弟姐妹，在那个人多力量大的年代是再正常不过的现象了。

我对于秀珍大姑的印象只有一个场景。那应该是在春天的一个午后，母亲一定是又去生产队出工了。不知道为什么没有其他小伙伴和我一起玩，反正是我一个人在奶奶家的大火炕上玩。

梳着两条又粗又长大辫子的秀珍大姑似乎是在给自己找东西。

我能看到她背影的同时，还能清晰地听到她甜美的哼唱声，"小小竹排江中游，巍巍青山两岸走，雄鹰展翅飞，哪怕风雨骤，革命重担挑肩上，党的教导记心头……"秀珍大姑背对着我掀开板柜的盖子，那板柜涂着铁红的颜色，被透过窗户斜射进来的阳光照得刺眼睛。这段记忆就像现在的视频一样镌刻在了我灰色童年的记忆之中，瞬间定格。

后来每当回忆起这个场景的时候，母亲就会告诉我，那应该就是地震前夕秀珍大姑正搞对象的时候。

秀珍大姑不仅是个美人坯子，性子还好，作为小姑子，和几个嫂子相处得就像亲姐妹一样，用母亲的话说是要人有人，要个儿有个儿，在十里八村是了名的美女。秀珍大姑当时正和公社书记（相当于现在的乡镇书记）的儿子搞对象。还是那个公社书记每每下乡在奶奶家号饭（那个年代公家人下乡到指定的群众家吃饭，要交饭费和粮票的）时，亲自向爷爷奶奶提的亲呢。只怪秀珍大姑没那福气，还没过门，居然赶上了那场地震。

地震当天晚上，秀珍大姑去和我四婶娘仁做伴睡觉，因为四叔在县城供销社赶大车拉货经常不回家，每每四婶就喊秀珍大姑和她一起做伴睡。当然，那个时候各家各户人口都多，往往是一家子挤在一起睡。所以，同龄姐妹们一起做个伴睡更能给自己一个难得的空间。

四婶家住西厢屋是土坯房，地震来临时秀珍大姑被落下来的房梁震坏了脑袋，再没醒过来……当大家从废墟中把她们扒出来时发现，靠近房山一边睡的秀珍大姑弓着双腿，支撑出一个空间保护了自己的侄女（王静，当时五岁），王静就蜷缩在秀珍大姑用自己的生命支撑出的狭小空间里毫发未损。

震后的当天一直下着忽大忽小的雨，我看到秀珍大姑并没有被人把她和那些震亡者放在一起，而是单独放在临时搭起的一个防雨窝棚里的门板上，身上盖着一条粗布被单。受伤的奶奶头上缠绕着渗出血的布条，加上砸折了腿，同样躺在一边痛苦地呻吟着，一动也不能动。

爷爷说秀珍大姑没死，只是被震昏过去了，一定能醒过来。我看到秀珍大姑的确和睡着了一模一样，只是最初被扒出来时从耳朵里有股红的血迹渗出，到后来，鼻子、嘴里也都有同样的殷红的血流出来，直到又过了一天，秀珍大姑白皙的脸慢慢地一点点变成了暗紫色……

奶奶被抢运到市里，和众多的重伤员一起搭乘飞机转院到合肥人民医院，在那个举目无亲的异地，得到了全国一家亲的人们无微不至的治疗和照顾，几个月后才治愈回来。给我留下深刻印象，能够证明救治奶奶的是哪家医院的，就是奶奶带回来的一个印有合肥人民医院字样的搪瓷缸子。

秀珍大姑是被一床棉被包裹起来，外面又包了一层塑料布之后埋掉的。和众多遇难的人们一样，没有亲人们撕心裂肺生离死别的哭号，只是大家默默地、悄然无声地将遇难者的遗体包裹起来，挖个坑简单地埋掉。为了能在众多的拥挤的坟头识别，爷爷在秀珍大姑的坟前埋了一块焦子坯做记号。这块焦子坯从此便印在了我的记忆之中，此后多年没有其他人能够找到秀珍大姑的坟头，每年的清明都是我去祭扫、添坟、烧纸，让活着的人知道这个坟头有后人。那个时候往往有人惊诧地问我，这是添的谁的坟，我清楚地回答：我秀珍大姑。

直到多年后定居在市里，我才把这个任务托付给了老叔家的弟弟小伟，小伟是地震以后出生的，他对秀珍大姑的概念只停留在我的几句托付之中。

其实我一直在和家里的人说他们都不用心，因为很多人都知道同时在那场地震中遇难的我二爷的坟头就在秀珍大姑坟头的旁边。还有二爷的两个我没有任何印象的女儿也埋在那里，都是在那场地震中离开的。在我心里，一家人既然能够找到二爷的坟，就应该能找到秀珍大姑的，他们却没有做到。

之所以能想起二爷，就源于他的坟头和秀珍大姑的坟头都挨在一起，所以我才能够在之后的时间里努力地拼凑对他的记忆。

震前我家是和二爷住在一个院子里的。

很早的时候，本家里有凤字辈的亲哥俩，都膝下无子，那座四合院似的宅院就是这哥俩的。不知道什么时候，因为什么原因，门堂的一层房子卖给了本村一户人家，就剩下了正房三间和两间东厢房。在父亲一岁左右的时候，他和二爷一起被分别过继给了那老哥俩。一直到今天我还能在老家的柜子里看到当时在红棉布上写的过继契约。上面大致就是某某膝下无子，在本族中过继谁谁谁养老送终，受名下什么家产，以及见证人签字等，格式内容和现在的合同大致相仿。其实父亲和二爷一起过继，都没有给人家养什么老，只是在那两个人去世时充当了人家的子孙，在出殡时打了幡子。当时，父亲还是被爷爷抱在怀里给人家打的幡子。

院子里三间正房本来是给父亲的，因为当时二爷一家孩子多，在两间东厢房里住不下，爷爷就答应先让他们住在了正房里。二十多年后，当父亲结婚的时候，毕竟是晚辈碍于情面，似乎理所当然地住进了东厢房。

正房后边是个自留地菜园子，里边有一个猪圈，这些本来都是父亲的，只是二爷一家一直占用着。

母亲嫁过来之后，为了贴补家用，想在园子的猪圈里养两头猪。是奶奶等人费了九牛二虎之力才替母亲把猪圈要了回来，但和二爷那边的矛盾也就从此开始了。尤其是二奶，这辈子我们兄弟两个都对她没有好印象，我哥甚至一直到多年以后二奶去世都没搭理过她。

母亲每天喂猪的时候，是一定要从二爷家的堂屋穿过的，每每刻薄的二奶不是故意在堂屋堆些柴草杂物挡路，就是指桑骂槐什么的，作为晚辈的母亲只能一忍再忍。何况二奶在村子里是出名的母老虎。可以想见，本是自己的房产，被霸占了不说，还要忍气吞声，当时父母的处境有多难。加上父亲在公家当差，很少回家，更多的压力是要母亲一个人面对的。

好在二爷还是明事理的，只是拗不过自己家里那个母老虎，加上所谓几十年的既成事实，以及人都是自私的。所以，明里暗里，二爷应该是出于对我们一家人的亏欠，总在尽力照顾我们母子三人。以至于后来在我的记忆里能够翻出一个关于二爷和我的场景来。

母亲每天到生产队出工前，早早地会先给那两头猪做好一天的猪食，满满一大锅。毕竟那两头猪寄托了母亲太多的希望，以至于我们小哥俩在母亲眼里都不如那两头猪。而我们哥俩的早饭一定是做好盛在一个小盆子里，为了保证我们早上起床后不吃凉的，母亲会把盆子放在做好的猪食上，然后再盖上那个后来我怎么也找不到了的木头锅盖。所以每天早晨我和哥的早餐，永远弥漫着浓浓的猪食的味道。以至于现在村子里六十岁以上的人们偶尔还和我开玩笑提起当年母亲发明的这个专利。

最幸福的记忆就是早起一丝不挂跑到屋外撒尿时，闻见的从二爷堂屋弥漫开来的空气中那蒸熟的馒头的清香。雪白的馒头，热气腾腾的、香香的，但我不馋。从没有闻着香走近过，更从不奢望能吃一口那松软香甜的馒头。魁梧的二爷背着手向我走来，不知道是因为刚撒完尿的条件反射，还是对威严的二爷的敬畏，我浑身一哆嗦。二爷已经走到我面前，转过身背对我，将一个他自己咬了一小口的馒头递到我面前，轻轻一句："快拿去吃。"我便怯怯地接过二爷手里的馒头，风一样闪进自家的里屋。紧接着便听到二奶那高亢刺耳的咒骂声，以及二爷狡辩着说是自己吃了，吃得快罢了。我和哥躲在屋子里，轻轻地撕一层那馒头，就像后来孩子们吃面包一样，放在嘴里，就撕一层，然后放进坐在猪食锅里的饭盆中，希望母亲回来也能吃到这难得的馒头。

其他的和二爷相关的就没有丝毫印象了。只是在以后的日子里听大人们说起二爷时，描述最多的两个词是"二虎"和"野兔"。

之所以说二爷是"二虎"，源于在我的爷爷辈中，二爷行二，长得五大三粗，相当魁梧，在村子里是一个难得的有气力的庄稼汉，同时天不怕、地不怕的。二爷家和当时的大多数农村家庭一样，孩子们多，两个儿子，四个女儿，一家八口都靠他自己在生产队辛辛苦苦挣的工分勉强度日。二爷除了用一身的力气在生产队上工外，还负责看管生产队队部，于是这份差事给二爷提供了"监守自盗"的机会。平时喂牲口的粮食、生产队粮仓里的花生、小豆、小麦等都会被二爷装在自己特制的上衣口袋里，频繁的捎回家，一家子的饭桌上自然相对丰盛起来。当然，此举也会招来一些人的眼馋妒忌，只是往往碍于二爷天不怕地不怕的性格，那些私底下嚼舌根子的人也就把话憋了回去。有一次村上老了人，在出殡时差一个抬棺材的杠子，二爷回家就扛了一根檩子送过去。不成想早就憋着找二爷茬儿的一个人站出来，当着所有人的面指认说这根檩子是生产队的，质问二爷怎么到了他家。二爷上前劈头盖脸给了那人一巴掌，"你他妈的哪只狗眼看出这是生产队的？"

那家伙满眼冒金星，捂着红肿的半边脸委屈地回道："这还是去年我从公社拉回来的呢，前些日子在生产队就看不到了，一点不会差，我去找工作组揭发你去！"

那家伙还没说完，二爷一采那家伙的脖领，像拎小鸡似的将他拎起来，"让你奶奶的胡说八道，我让你找工作组，今天我他妈非把你一起发送了不可。"说着先将那家伙抛了起来，重重地摔在地上，而后一只脚踩在他的脑袋上，"说！这檩子是哪的？不说清楚老子踩死你个王八犊子！"

众人纷纷上前想将二爷拉开，怎奈几个人拉也拉不动，索性就劝被二爷踩在脚下扭曲着身子挣扎的那个家伙，"一定是你看错了，快给二爷赔个不是吧……"

最后那家伙不得不漱了嘴，赔了不是，二爷才松开了脚……

对于工作组，在我的印象里只有一个场景印象深刻……

秋后的田野一望无际，村西是一片南北方向隆起来的沙土岗子，老人们说那是一条卧龙，蜿蜒着横亘在村子旁边，就这样祖祖辈辈守护着村子里一代一代的老老少少。每年生产队都在这卧龙岗上种成片的花生。秋收一过，锄过的花生地里总有落在地里的花生角，一场秋雨，那遗落的花生角便被冲刷出来露在表面，时间一长，有的花生角还能滋生出白色的、淡绿色的弯弯的嫩芽。

成群结队的孩子们在这片宽阔的岗子上奔跑着、打闹着，稍不小心，还能忽然间没有任何理由的组成两支"军队"打起仗来，双方的武器就是随身弯腰就地拾起的土坷垃，相互投掷对方，在密集的土坷垃交相飞落间，双方忽而你撤退，忽而他进攻，拉锯间争夺着属于各自的领地……西敬家的大奶和几个上了年纪的老太太各自挎着柳条笼筐远远地避开淘气打架的孩子们，正蹲坐在沙土地上捡拾着花生。

忽然不知道是谁高声的一嗓子，"护秋工作组来啦！"那几个小脚老太太便拎起笼筐四散而逃。

西敬家的大奶高个、小脚，拎着个笼筐逃起来绝不是跑，只能说是在有节奏地挪动。眼见几个护秋工作组的人眨眼间便把西敬家的大奶围堵在了中间。其中一个三十岁左右的高个子男人冲上前一把夺过西敬家的大奶手中紧紧攥着的笼筐,恶狠狠地向天空高高的抛了出去,笼筐里的花生角便在空中四散开来,然后又落了下来,西敬家的大奶被捌了一个趔趄,小脚站立不稳就跌倒了下去。后来知道那个领头的姓杨,是组长,腰间斜挎着一支"王八盒子"手枪,一边气势汹汹地教训着西敬家的大奶,一边让那两个工作组成员把西敬家的大奶架起来,嚷嚷着要押着她去她家里搜还有没有偷着捡拾的花生。打仗的孩子们也便停止了交战,哄笑着追着工作组去看热闹。到了西敬家的大奶家里,工作组东翻西找,还是那个姓杨的组长有经验,直接奔向里屋,掀开铺在炕上的苇子编的炕席,一片干净的成熟饱满的花生角便呈现在了大家眼前。

西敬家的大奶哆嗦着诺诺的叨咕着什么,好像在向工作组求情放过她,但姓杨的组长不依不饶,非要捆上西敬家的大奶去游街。吓得西敬家的大奶坐在地上哭号起来,二爷不知道什么时候听说了赶了过来和工作组理论,说你们工作组和西敬家的大奶一个孤老太太有什么过不去的,有本事做点正经事。姓杨的组长不依不饶,说什么大秋之际,护秋工作就是最大的正经事,集体的花生烂在地里也绝不允许社员自己往家里捡。二爷据理力争,最后,当着越来越多看热闹的人的面,扶起西敬家的大奶,替老太太拍了拍她身上的土,向姓杨的组长一瞪眼:"姓杨的,要是识趣,赶紧该干啥干啥去,你哪只眼看到老太太捡花生了?她家炕上的是我家从生产队分的,吃不了给老太太送过来的，咋地，这你也管得着?"

围着看热闹的人们一阵起哄。

二爷压低声音一捅姓杨的组长，"一个孤老太太，你给个面子，晚上到我家喝酒。"

杨组长看看二爷，又看看西敬家的大奶，整了整斜挎在肩上的挂枪的皮带，冲着看热闹的人群呵斥道："起什么哄，都散了，告诉你们，谁要是再敢去捡花生，不论是谁，一律游街示众!"

二爷另一个外号"野兔"充满了笑料，源于他还是个皮影爱好者。那时尽管生活艰辛，但大家同样都有自己的开心方式，那方式寄托了当时的人们最朴实的对美好生活的向往。

农闲时节吃完晚饭，大家聚在村中胡同口的石头水井旁边的小广场上，自发的唱皮影戏。二爷没什么文化，但爱唱皮影戏。不知道是谁每每向这些爱好者提供戏文的本子，然后想唱又记不住台词的人就一手拿着戏文，一手掐好喉咙，咿咿呀呀的跑着调儿就唱了起来。

至今还有很多人偶尔聊起二爷最精彩的一次表演。我不知道是哪一出戏，只听说戏文上明明写的是哪里来的野鬼，居然被二爷唱成了哪里来的野兔!引得在场的半村子的男女老少哄堂大笑，二爷不知道大家伙为什么如此大笑，正愣愣的瞪大眼珠子困惑之际，旁边有人提示："不是野兔，是野鬼!"

二爷一吐舌头，做了个鬼脸，然后依着戏文里的节奏道来："啊，野鬼就野鬼……"背起手踱着步消失在人群里，背后又是一阵前仰后合的笑声……

尽管我没有听到过二爷唱皮影戏文的声音，但这么多年那一句"哪里来的野兔"似乎一直莫名的萦绕在我的耳畔。

或许是源自对二爷曾经给予我们模糊记忆里的照顾，或许是长大后对于二爷为人的敬重，也或许是故意要让更多的后人知道当年的二爷和那个让我和哥哥都讨厌的二奶在我心目中的巨大差别，当多年以后二奶去世时，哥哥自然没有回来，但身在老家的我还是出于家族的缘故，做了我一个晚辈应该做的。

二奶去世前病危阶段每天都要靠吸氧气维持，每天所用的氧气在农村不好淘换，当二爷家的四姑找到我时，我一点没含糊地答应了四姑，告诉她只要需要，尽管来厂里取。以至于二奶两个出门在外的儿子知道后握住我的手不断地重复：二奶得了我的济。

我不知道当时是一种怎样的心境，之所以做如此举手之劳的事，更多的还是想给二奶一种惩罚吧。只是最终被惩罚的应该是我，因为弥留之际的二奶在神志忽然清醒时，从自己儿女嘴里知道了那么多瓶氧气是我这个多年不曾往来走动的孙辈送来的时，僵硬的脸颊上居然淌下两行浑浊的老泪……

二奶出殡那天，我特意安排人买来了一对最大的花圈摆在了当街，花圈上的挽联尽可能醒目地写着"二爷，我们想念您"，居然有人在私底下议论，说是写错了。年岁稍长的人却都能看得出我是故意为之。我说了，二爷在那场地震中不幸走得早，当时什么都没有，一床被子一裹就埋了，今天和二奶并骨，终于有机会见天儿了，我一定给二爷送对儿花圈，不为别的，哪怕就为当年二爷偷偷塞在我手里的那一个热气腾腾的馒头……

孙连平是我的三婶，王辉、王颖是她的一双儿女。

对于连平三婶说不上有什么印象，只知道她中等偏上的个头，唐山市里的下乡知青，和一群响应国家号召的知识青年一起在村子里接受贫下中农再教育。阴错阳差的嫁给了刚从部队复员的三叔。

我对于连平三婶更多的概念来源于家里人对于她和三叔结婚时的一个场面的描述。

当时一个城里的下乡知青嫁给普通农民是很光荣的事情。那天酒席开席的时候，我的父辈们犯了一个一点没有人察觉的错误，结果连平三婶娘家来参加婚礼的人就是不落座吃饭。大家无奈纠结之际，来的新亲中有人义正词严的指出，这么正式的仪式上，没有集体向毛主席致礼是不能开席的！如此一群憨实的老百姓才恍然大悟，果然是犯了原则性错误，这还了得！慌乱中马上安排人去请毛主席像，然后大家集体向毛主席像虔诚的三鞠躬并高呼敬祝伟大领袖毛主席万寿无疆。

正当新亲们纷纷落座想端酒杯的时候，我父亲突然提示大家可不能先吃呢，新亲们一脸茫然。父亲说，城里来的亲朋们政治觉悟如此之高，不能只是向主席致礼就可以，还是请大家集体起立，我们应该共同诵读"老三篇"……结果新亲桌上的饭菜基本都没动，因为不能流利背下来的，是不好意思吃饭的，所以，新亲们的酒席便留给了家里人晚上接着吃。在当时，省下那样一桌饭菜一家子享用，是比过年还要高兴的。

连平三婶家的王辉和我同岁，长我两个月，所以当时更多的时候是我俩在一起玩耍。那时候没有什么玩具，什么都没有，有的就是双手和双脚。双脚可以带我们跑出奶奶的视线之后，去钻村子西头那棵能容纳我俩的树干早已经被腐蚀空了的大柳树洞，去躲进生产队的库房，躺在择好的花生堆里，像两个小老鼠一样偷吃花生。双手就更不用说了，这两双小手因为诸如把隔壁石老太太刚种的倭瓜秧给"移栽"了、趁着夜色的掩护去村头的果园里偷摘还没有熟透的苹果等种种淘气事，几次都被奶奶给打肿了。

就是在那次大地震的前夕，连平三婶刚刚生完王颖过了满月。我和王辉一起习惯性跑到三奶家的凉台上去玩。

三奶家和爷爷家、三叔家、四叔家都在老太爷留下的那座宅子里。那是村子的中心，三层正房，临街的一层住的是老太爷，二层是爷爷，三层是三爷，一二层之间的西厢房是三叔，二三层之间的西厢房是四叔，一大家子四代同堂就填充起了这座拥挤的宅院。

宅子的大门口两边分别竖立着石头的拴马桩，进入大门是青灰色的长条石板石铺成的台阶。记忆中我就是在那石阶上跑上跑下的时光中慢慢长大的。不过，无论怎么跑跳，只要路过老太爷的堂屋，是一定要高抬腿、轻落步的，因为只要一有动静，就会听到老太爷夹着咳嗽的沉闷的谩骂声。老太爷对于我，只是一个符号和浑浊不清的骂街的声音。

如果说还有点对于老太爷的记忆的话，那就是他是我们村被殡葬改革的第一人。之前农村实行的是祖祖辈辈延续的土葬，地震前政府推行火葬，当时的县政府把火葬场建在了我们村西唐柏路的路边，高高耸立的烟囱就是火葬场的标志。

老太爷的葬礼相当得隆重，村子里还给他组织召开了追悼会。印象中一家人围簇在老太爷的骨灰盒旁掩面而泣，一个村干部手里拿着几张纸，表情肃穆的致着悼词，悼词的内容我是绝对记不得了，只知道那是固有的格式，此后每个人都是用这样的相同内容，能够变化的唯有一个名字罢了。

发送老太爷的队伍浩浩荡荡。印象最深的是出殡时的摆路祭。

只要是一个村上的，为死者在发丧出殡必经的路上设祭，叫作"路祭"。在丧家发丧之前，举行路祭的人必须事先在自家门前迎接，以便发丧的队伍到达时停柩。设路祭的人提前在路旁设置一方桌，桌上摆香烛祭品，送葬队伍遇到祭桌后，立即停柩，祭丧的人在棺材前跪拜叩首，行三拜九叩之礼。路祭有两种，一是一家设祭，全家人在路旁等候，并行跪拜礼；一是几家共同设祭，凡参与者都要等候路旁，祭奠时，先由一主祭者跪在棺头行叩首礼，然后示意点燃三炷香，将桌上的祭品洒在棺前，完毕再跪拜，接着其他人一一跪拜。在路祭中，孝子一行一直跪在棺头右旁，向路祭者磕头回谢，路祭结束，继续起棺行进。后来渐渐的这种场景便随着时间淡出了人们的记忆。

三奶家的凉台是焦子合着石灰打的，和平房的房顶一样。凉台在正房和一段矮小的花墙之间。三奶盘腿坐在用玉米皮子编织成的蒲墩上做着营生，身边放着一个用新中国成立前的银洋券糊起来的柳条管箩，里面装满了针头线脑。三奶手里缝补的应该是几个叔叔们破旧的衣服。那天王辉很兴奋，他告诉三奶明天连平三婶他们娘仨就要去姥姥家了，再也不回来了。我不知道他是专门向三奶汇报，还是在用这样的方式和我道别，只知道当时的心里忽然空落落的，不知是什么滋味。至于他们什么时候走的，怎么走的，我不得而知。

从此便更愿意每天自己去三奶那里玩了，一个人不厌其烦的和三爷学说绕口令"一个老头穿着鸡皮虎皮鹿皮裤上枣树，树枝划破了老头的鸡皮虎皮鹿皮裤，找块鸡皮虎皮鹿皮补上了老头的鸡皮虎皮鹿皮裤"，或者伸出小手，随着三爷的样子笨拙地边上下磕打手指边念念有词"上打镗镗鼓，下打镗镗锣，锣鼓一起响，当间儿出条河"……

从我记事起，三爷就是病病歪歪的样子，个子不高，瘦骨嶙峋的，和别人比起来最明显的特征就是鼻梁上架着一副泛黄的塑料框近视镜。童年的很多时光里最享受的就是听三爷三奶讲他们过去的故事。

三爷在他们兄弟几个里身子最弱，好在上学最多。1948年的时候，听说村上的一个老亲随着部队从东北一路打进关，留在唐山当上了军分区司令，老太爷便带着三爷直接去找了人家安排个差使。

本就是老亲，加上参加革命前一直得到老太爷的资助，人家痛快的就把三爷安排到了司令部做文书。只可惜三爷从小就怕动刀动枪的，加上当年被日本鬼子一枪托砸在脑袋上，心里一直留有阴影，三爷在部队没待几天，便又找到人家司令员问能不能找个不当兵的差使做，好在唐山刚刚解放，安排个事情做，对于军分区司令是再容易不过的了，于是三爷到了市政府的交通部门。后来又被调到了当时的省会天津，在省交通厅办公室工作。谁料突然在单位得了大脑炎，之后断断续续经常住院无法工作，只好病退回了老家。

家里的老人都说三爷得的大脑炎就是当年日本鬼子那一枪托给打的后遗症。

当时三爷还是一名初中学生，和几个同学正在操场上踢足球，正赶上据点的日本鬼子追剿八路军，于是吓得赶紧往家的方向跑。当时有一个头戴毡帽头的于姓学生，因为之前右臂摔折过，落下了残疾，在跑的过程中被日本鬼子误以为是化了装的八路军战士端着枪的姿势，于是一枪打在那个于姓学生脑袋上，当时就死了。三爷等人吓得赶紧抱头蹲在壕沟里不敢动弹。当一队日本鬼子追过来一看只是几名学生的时候，其中一个鬼子气急败坏地骂道："几个小孩跑什么跑？"同时举起三八大盖儿，狠狠地一枪托就砸在了三爷的头上，瞬间半块头皮便被掀了下来。头上血肉模糊的三爷跑回家，被老太太用灶膛里的柴和灰涂在伤口上，再用白布包裹起来，就这样简单地处理了一下……

不论三爷的病是不是日本鬼子那一枪托造成的，反正三爷工作没几年便病退回家静养了。病退的三爷给我们这些孩子们带来了很多童年的乐趣，因为在当时只有三爷有大把的时间陪我们玩，给我们讲故事。

王辉说中了，他真的永远没有再活蹦乱跳地回来陪我玩。在姥姥家的楼房里，和他一起被砸死的还有连平三婶、王颖。

后来知道地震那天的凌晨，三叔赶着生产队的马车去市里拉大粪，那是公家分配给三叔的每天的任务，就是去市里的公共厕所把大粪淘回来，然后生产队里积肥，苗庄稼。三叔赶的是生产队里那匹结结实实的大黑马，屁股后面挂着一个粪兜，装大粪的是一个马车车厢大小足有一米左右高的粪柜，木制的，被一层层风干了的粪便包裹着，早已看不出本来的模样。当三叔走到离市区不远处的三角地的时候，地震发生了。

三叔是当过兵的人，见过世面，知道是地震了。

在地面剧烈的晃动中，三叔拼命地抽打着那大黑马向市里冲去，凭着记忆找到了早已坍塌成废墟的老丈人的家。面对一堆废墟，三叔急红了眼，因为他最亲最近的三个家人就压在下面。他徒手抠呀抠，抠出一个，不是，再抠。一个声音颤抖着央求："大哥，救我！我的上海全钢的手表送给你！"

三叔没有理会，只知道继续、继续，一个接一个的人被三叔从残垣断壁之中救了出来。当连平三婶娘仨被扒出来的时候，三叔瘫倒在地，累得一动不动了，就和这娘仨久久地并排躺在一片废墟之上，任凭淅沥的雨水无声的滴落在身上、脸上……

后来，连平三婶儿娘仨儿的尸体被运回了老家，埋在村西的老唐家坟里，所有在那场地震中遇难的同村人都埋在了那里。

王辉哥，谁让你说去了姥姥家就再也不回来了呢？不，你这不还是回来了吗？怎么能不回来呢？唐山市里就那么好吗？市里我没去过，只知道这里是我们的家，你这不还是回家了吗！

王辉哥永远定格在了那次辞行。之后若干年，再能看到的唯有他的坟头，以及地震纪念墙上的名字。更准确地说，对于这个叔伯哥哥、儿时的玩伴，他仅仅七年的生命所留下的，只有一冢坟茔和纪念墙上的名字，能让我知道，能让后来的人知道，这个世界他来过。

对于每一个经历过那场灾难的唐山人来说，尽管不愿意去回忆，但那天的场景却总是还能清晰地还原出来。

那年的夏天一直是闷热闷热的。

第二天秀珍大姑就要和公社书记的儿子订婚了，一家人难得高兴，奶奶安排一大家子人在一起吃晚饭。

母亲和几个婶子和面，爷爷把一个木质的类似铡刀的叫作压饸饹面床子的工具横放在院子里的冷灶锅锅沿上，灶台上的大锅里是烧开的滚烫的水，爷爷一边嘴里叨咕着和面的女人们，"面剂子一定要软，压出面条来才好吃"。一边将压柄抬起来，看着女人们把和好的面剂子放在臼斗槽子里，轻轻一压木柄，压柄沉下去，压柄中间的那个木头舌头便与臼斗严丝合缝起来。于是爷爷先是站在灶台上，放稳压柄，然后往压柄上一坐，一压，那一丝丝面条便被从臼斗底部带眼的白铁网子里挤压了出来，直接慢慢地漏到翻滚着开水的大锅里。

几个滚开后，煮熟的面条被捞出来，过几遍凉水，每人盛上一大碗，爷爷给我们几个小孩的面碗上浇上一羹勺用捣碎的大蒜和好的卤汁，美美地吃一顿难得的凉面。大人们，尤其是几个婶子在纷纷津津有味地吃着饸饹面的同时，你一言我一语地嘱咐着秀珍大姑第二天去男方订婚需要注意的细节。

冷灶锅灶台里的底火渐渐熄灭，但大锅里的水依然在顽强地翻滚着，压面饸饹床子被弥散开来的热气笼罩着，让人感觉浑身黏乎乎的，闷得透不过气来……

盛夏的晚上总是热得让人翻来覆去的折腾半宿才能睡着。那天晚上更是热得人大汗淋漓。

我们小哥俩和母亲躺在炕上轮流扇扇子，扇子是芭蕉叶做成的那种大蒲扇。之所以轮流扇不是扇子不够用，而是这样一来每个人都能有时间静下来享受些许的清爽。每每扇扇子的人要坐或站起来，抡圆了肩膀，把扇子扇得呼呼生风，一下，二下，三下……盼望着快点数到一百下，就一骨碌躺在苇编的炕席上，闭着眼睛尽情享受凉风的抚摩，心里想着慢点、再慢点。这种游戏最后总是在我们哥俩间不欢而散。你少扇了几下，他多扇了几下，便吵了起来，扇子"啪"一下被扔到一边去。"不扇了""爱扇不扇"……然后倒头各自睡去。第二天还会继续。虽然后来有了电扇不用自己动手了，但那种"机械风"还真不如这"手工风"来得柔和滋润，也没有"付出"之后理直气壮"享福"的感觉。

后半夜睡意蒙眬的时候，父亲才回来。他在当时的工委上班，骑自行车从工委驻地到家要一个多小时呢。不知道当时是工作需要，还是比较远的缘由，在我的记忆里父亲并不经常回家。

母亲责怪地问父亲，知道第二天秀珍大姑要订婚，为啥还这么晚才回来，父亲赶忙解释说为了秀珍大姑订亲的事，想办法东借西借找了些副食品供应的内部票买了一套猪下水，一直等猪下水收拾好了才回来，这事是不能给耽误了的。

当时买什么都要凭票的，所以好多东西绝不是有钱就能买到的，何况当时也都没有钱。父亲在工委是"八大员"之一的畜牧管理员，所谓"八大员"就是广播员、农机管理员、畜牧管理员、水利管理员、农技推广员、报刊投递员、粮站管理员、天气预报员。这些人员还是很有些权力的，自然也少不了帮人解决些燃眉之急的事情。

当时我们小哥俩兴奋了好一阵子，因为知道父亲一定顺便给我们带回了些猪下水或猪肉的下脚料，那些对于我们已经是再奢侈不过的美食了。在母亲的催促和对明天能够吃到猪下水或猪肉下脚料的憧憬里，我进入了梦乡。

　　轰隆隆一声巨响惊醒了所有人，噼里啪啦、叽里哐当，玻璃碎了、门框歪了，砖头砸到了肩膀、尘土飞进了嘴里，哭的、喊的、叫的，只听父亲声嘶力竭地喊了一声："原子弹！美国扔原子弹了！"当我本能地扑进母亲怀里的时候，父亲跳起来纵身一跃跳出了窗外……

　　1976 年 7 月 28 凌晨，唐山，大地震了！

　　突如其来的灾难瞬间，来不及悲伤哭泣，也不知道恐惧，整个人是懵的、木的、傻的。当被母亲从歪斜的窗户缝里拽出来的时候，我本能地抱起一堆衣裳，跌跌撞撞地跟着大人们慌乱地奔跑，有人喊"东边冒水了"，人群往西跑去，又有人喊"西边陷进去了"，人群往南涌去，人们慌了、乱了，直到天渐渐亮了，才稳住了点。

　　在睡梦中被大地撕裂出来人们这才发现自己光着身子，也有的披着塑料布、麻袋片的，还有两人扯着一块床单的。我把怀里抱着的衣服抖开一看，哪是衣服啊！是一堆棉衣片子（棉衣拆洗后还没来得及絮棉花），没办法穿，索性就这样赤溜溜的光着身子。

　　村里的房子几乎全部倒塌了，没倒的也都歪斜得不成样子，庆幸的是我家的房子是几个月前刚刚盖好的砖混结构的新房，只有没住人的西屋倒塌了一面墙，一端散落下来的洋灰檩子支撑住了中间的墙体，使得我们一家人没有被埋在里面而得以安全。

　　只是父亲在剧烈的晃动中跳出窗子时，被震落下来的房檐砸折了两根肋骨。

废墟下的几百口子陆续被扒出来，轻伤的找点什么东西自己包扎包扎，重伤的只能被放在空旷处痛苦地呻吟着，有的已不行了。最严重的是大队知青点，十来名知青全部遇难。一群人悲戚地围在那里，我从大人们腿缝中挤进去，看到他们躺成一排，脸上身上盖着从废墟下揪出来的各式各样的草席、衣服、被单等。我想看看我们生产队那个叫许婷的在哪里，她经常没事了就和同龄的秀珍大姑、秀玲老姑在一起相处，每每闲暇总能教我写字、算数，所以对她有着很好的印象，可我看到的都是散乱的头发和露着的脚……分不清谁是谁。

知青许婷给我的印象太深了，至今我还依稀记得她那时的模样。中等个子、丰满的身材、一头乌黑的长发衬托着白皙红润的瓜子脸，和人说话总是微笑着。

知青们经常在晚上用草席搭了舞台，在高高的明亮的大汽灯下表演文艺节目，许婷唱那首《呼伦贝尔大草原》，特别优美动听，边唱边舞，两条长长的大辫子飘来飘去，那种青春飞扬的样子让人心醉。后来听说，因为许婷在工作中表现突出，加上三番五次去大队书记家苦苦求情，终于从大队书记手里拿到了盖了革委会红印章的关系转接，已被抽调到县里工作，本来这几天就要去报到的。后来，县委宣传部为了追忆许婷专门做了幻灯片，演电影时加演这个片子，村里的大人孩子们都抽泣成一片。

再后来就是若干年后，许婷的家人把她旳尸骨从村西的公共墓地挖出来，重新装殓运走了，以至于很长时间之后，掩埋过这个异乡客的地方留下了一个深深的坑，几度被荒草掩没又裸露出来，最后便什么也看不到了。许婷作为那个时代上山下乡的小人物，她对于幸福美好生活的追求向往，以及满怀的革命激情，就这样永远被定格在了人们的记忆之中⋯⋯

震后第一天的黄昏，没有云，没有夕阳，天空是铅灰色，淅沥的小雨一直下。

母亲和大家一起找了一些木头杆子、塑料布，勉强支起个棚子，十多口人挤在一起避雨，也相互取暖。母亲一边照顾我们，一边神色慌张地往村西边张望着。

因为父亲强忍着伤痛不顾一切地返回了离家几十里地远的工委，他必须回到岗位参加组织抗震救灾。

天色已完全黑了，大雨如注，面对孤苦无援的我和哥哥，加上对父亲的挂念，可想而知当时的母亲内心会是怎样的无助。我借着闪电看见母亲脸上的泪水在流。

大地又是一阵痉挛，余震在不时地发生，大家惊慌失措地抱在一起。这时，隔壁和我同岁的春儿咬着我的耳朵说："今天夜里要天塌地陷，我们都会死的。"

我吓得怔怔的，一股凉气在身体里蔓延到了指尖。

"那是不是特别疼啊！"春儿几乎哭出了声，平日里梳得漂亮的一对小辫散乱地垂在肩头，我使劲地攥着春儿的手，紧紧拥着春儿微微颤抖着的身体。

此时此刻，年幼的我唯一能给春儿的只有这个紧紧的拥抱了。因为我已经从母亲那里知道，春儿一家人一夜之间，不，应该是眨眼之间就只剩下了她自己，春儿的父母还有两个哥哥都被倾覆的茅草房顶闷死了。

夜，黑暗黑暗的，死一般沉寂、漫长。寒冷、饥饿、恐惧、绝望，还会有明天吗？

哥哥、春儿和我在极度的恐惧中终于迎来了又一个弥漫着哭声、咒骂声、呻吟声交织在一起的清晨……

男人们把悲伤深深地藏在心底，没有过多的叹息，也没有过多的话语，只想自己的妻儿老小能够活下去。他们冒险钻进半倒塌的房间寻找食物和衣服，或扒一些砖头、石块，搭棚子，支炉灶，一缕缕温暖的炊烟伴随着冉冉升起的朝阳在废墟瓦砾间袅袅升起来了，大人孩子们喝上了热乎乎的汤面。

公社干部也来了，组织转移伤员，掩埋逝者。

听说解放军的大部队也来了，他们正日夜在重灾区救人，大家心里多了一些安慰。

春儿和我们这些小孩子每天在生产队的场院上转悠，等着看那神气的直升机嘟嘟的在头顶盘旋，隐约还能看到飞行员招手呢，一袋袋的压缩饼干朝着一个方向落下，我们忽的一下扑过去抢。

那种略带甜味的、怎么咬似乎也咬不透的食品特别好吃。前两年我在超市偶然看到它，还买了几块，虽然没有小时候的味道了，可那种情结让我难以割舍。

记得有一天，村里一个叫柱子的年轻人给绑在了树上，说是他去市里，看到倒塌的商店有人拿东西，他就顺手扛回了一包红薯粉丝，藏在自家后院倒塌的砖堆下，被人发现告发了。大队书记领着几个民兵把他绑了起来，让他老实交代为什么偷东西。他说怕挨饿，看到别人拿，自己也拿了。旁边几个老头老太太指着他说："你这个孩子呀，饿死也不能偷东西啊，那是公家的，哪能随便往家里拿呀？"

然后又向大队书记讲情说他平时是个好孩子，一时糊涂，就原谅他一回吧。柱子讲了许多好话，又把粉丝交到了大队部才被放了。

可村东的吴老师就没有那么幸运了。

吴老师去市里时，在废墟下看到一包女人穿的衣服和几匹毛线，想到自己的女儿还裹着棉衣片子，就顺手拿了回来。结果被民兵发现抓到了大队部，五花大绑捆了起来。为人师表居然参与偷盗，着实罪过不轻。

工作组把吴老师作为典型轰轰烈烈地展开了批斗活动，并且双手背过去用绳子在脖子上绕个圈反绑起来，胸前挂上一个用破纸箱做的牌子，上面用毛笔书写了几个潦草的大字——我是盗窃犯！

批斗会后，还要被民兵持枪押送到周边几个村子去游街示众。一群无知的孩子在后边簇拥着、呼喊着："打倒盗窃犯！"

吴老师把头压得低低的，甚至已经埋在了自己的身子里。尤其是游街示众到自己岳父母家所在的村子时，吴老师的头几乎一路都触到了地面，以至于胸前挂的牌子直接垂到了地面被拖着走了。

第二天一大早，大人们开始在私底下议论开了，吴老师在看押他的大队部喝敌敌畏自杀了……

在大人们的议论中，似乎可以还原吴老师自杀的原因和过程。吴老师在岳父母村游街时受了刺激，自觉给一家人丢人现眼了，没有脸面再面对家人，回到大队部后前思后想自己钻了牛角尖，正好大队部的窗台上放着一瓶灭蚊蝇用的敌敌畏，一时想不开就喝了下去……

人不死就要活着。活下来的人们重建家园。

恢复建设还是很快的，每天天上都有飞机（之前好像对飞机没有任何概念）向人群集中的地方投下压缩饼干之类的东西，很少有人哄抢，都是大队（现在叫村委会）所谓的统一分配。之所以叫所谓，是因为一定是和大队书记关系好的人家才能多得一些的。后来上边陆续分配下来的救灾物资也是一样。像我家几乎是什么也没有分到的。

父亲在公社作为工作组成员统一指挥抗震救灾，很长时间回不了家。

我家的简易棚还是当时的公社书记过来时，母亲哭着喊着诉说父亲一直在岗位上坚守参与抗震救灾没时间顾及家里，母亲自己带着我们年幼的哥俩，不对，是兄妹三人（家里多了一个妹妹春儿）实在是没有力气搭建房子，那位公社书记急了眼，安排专人给搭建起来的。这就是一个和田间看瓜的窝棚一模一样的家，被搭建在驻扎在村头的抗震救灾的部队营地里。

那个公社书记说，这样安全，会有当兵的照顾我们。

的确，那几个月里，我们家得到了那支部队官兵很好地照顾。几乎每顿饭都是和当兵的人在一起吃。偶尔，当时的连长在晚上闲暇时，还能坐在我家窝棚前拉几曲我没听过的二胡。

那个连长个头不高，长得黑黑的，方脸，南方人，他的声音使我第一次知道除了家乡的口音之外，还有人会说我听不懂的语言，那叫方言。后来我才知道，除了方言，还有外语，还有外国人。

对于抗震救灾的解放军的深刻印象，更来自他们对于哥哥的救治。

一天哥哥和几个小伙伴在生产队的队部里淘气玩，在转动一台铡草机的时候，不小心被不知道是谁转动起来的铡草机齿轮咬掉了半截手指头，血肉模糊，结果被大人们发现赶紧送到了驻军的卫生队帐篷里，好在治疗及时，缝了针，虽然没有保住那被咬碎的半截手指，总算没有感染恶化。后来母亲每每提起这件事，常挂在嘴边的一句话就是："幸亏有解放军的医疗队在。"

其实不单是母亲，不单是我们一家，我想每一位唐山人对于解放军的感情是没有经历那场大地震的人很难理解的。"军民鱼水情深"永远植入在了这座城市每个人的内心。

接下来，在灰色的记忆之外，强烈的出现了另一种颜色——白色。

对于白色最清晰的记忆来自铺天盖地的白花，一种很薄的纸和很薄的塑料做成的白花。更多的应该是那种塑料的。大的有盛菜的盘子大小，小的应该有奶奶烙的菜盒子那么大。不知道是村里的百姓做的，还是上面发下来的，只知道毛主席去世了，人人要戴。毛主席是谁，当时我真不知道。唯一的印象就是在哥哥当时的的课本上，印有毛主席的一张画像。

毛主席去世的消息是从村子里的大喇叭里传出来的。当时村子里边有很多大喇叭，被高高的挂在高处。地震之前，各家各户自家屋子里都有一个小喇叭，方形的木头盒子，震后就没有再安装。那各家各户安装木盒子小喇叭就好像现在家家都有电视机一样。对于外面世界的了解，当时的人们更多的是通过那个喇叭。

据说，那天村小学校长正在学校的简易房上用从废墟里捡来的砖头一排一排的压油毡，油毡是房顶防雨用的。当大喇叭里传出伟大领袖毛主席逝世的消息时，那个小学校长不知是被吓得还是过度的悲伤，反正是径直从房顶滚落了下来，幸好没被摔坏。

很快，大队部搭建起了灵棚。灵棚是用十几块救灾用的苇编的炕席做成的。灵棚最里边的正中央摆放着毛主席的画像，画像足有一米多高，黑色的木质相框，相框里的毛主席一双慈祥的眼睛好像在注视着每一个从前面走过的人。灵棚两边摆放着成排的花圈。全村的男女老少自发排成长队，胸前佩戴着奶奶烙的菜盒子大小的白花缓缓地进入灵棚，向毛主席像鞠躬。很多大人从灵棚外面就开始泣不成声，更甚者跟跄着号啕大哭，捶胸顿足。从来没有见到过这么多人因为一个人的去世，来参加葬礼。

后来知道了，毛主席是全中国所有人的家长、主心骨。

刚刚在 7 月 28 日失去二十四万亲人的唐山人再也绷不住了，人们号啕大哭，眼泪像脱了闸的洪水哗哗流着。

哥哥当年正读小学一年级，随着学校组织的小学生一起，由学校统一组织扎小白花，郑重地戴在胸前，脖子上是鲜红的红领巾，臂上缠绕着黑纱。学校已经成为废墟，当时只能在村外大土沟里上课，沟旁一棵百年老槐树为孩子们抵挡着夏日的骄阳和雨水。这群孩子是红小兵，是毛主席的好孩子，有组织，有纪律，不像婶子大娘一样号啕大哭，只是站成方块队，一起默哀，任泪水在脸上默默流淌。我牵着春儿的手，和很多还没上学的孩子一样，远远地、呆呆地注视着，和那些整齐列队的哥哥姐姐们一起笼罩在继失去亲人后，又失去伟大领袖和导师毛主席的无尽悲痛之中……

四十多年了，多少记忆已然模糊，可那年那月的一切总是历历在目，让我常常回味咀嚼，也常常涌起莫名的感动。

父辈是小人物，村里的叔叔大爷、婶子大娘也都是小人物，二爷、连平三婶、秀珍大姑、知青许婷、王辉、王颖，他们平淡无奇、沉默寡言，甚至都没有来得及发出声音就消失得无影无踪。还有春儿，因为一场空前的自然灾难，失去了所有的亲人，孤苦伶仃地独自存活下来，源于淳朴的乡邻情愫，源于地震后求生的过程中多日的对我家的依赖，源于父母舍不得把春儿这样一个幼小的孤儿送进育红院。于是，春儿自然成了我家的一员，没有任何血缘关系，却实实在在地融入了我的家，融进了我们日后平凡的生活。以至于两三年后她远在天津的舅舅舅妈寻过来想带她走，春儿都陌生地怯怯地看着他们，还是躲在母亲身后，倔强的拒绝了他们……

在巨大的灾难面前，生存下来的我的父辈们含泪掩埋亲人的尸体，整理着破碎的家，默默无语地舔舐着流血的伤口，坚守着心底的那份质朴与善良，他们和我们一样，注定了都只能是平庸之辈，没有曲曲折折，没有轰轰烈烈。但正是这些"沉默的大多数"成就了廖若晨星的英雄，凝聚成了"公而忘私，患难与共，百折不挠，勇往直前"的唐山抗震精神，撑起了我们中华民族的脊梁。

那么长时间的、铺天盖地的白花是至今我再没有看到过的了。相信，那种场景只有在那个年代才会有。那是人们最朴素的、最真实的情愫，也是最值得怀念和珍惜的朴素情怀。

少年时代

终于上小学了。

当时的学校尽管是震后原址上简易搭建起来的，但大门垛还是震前的，很气派。两个门垛顶上还分别有一只振翅欲飞的白鸽，塑得栩栩如生，寄托了当时村子里所有家长对于自己的子女最美好的期许。

教室自然简陋得很，有窗，没玻璃，有水泥抹的黑板，没有讲台，所谓课桌是用砖头在两边垒砌成桌子腿，上面摆一块长短不一、不足一尺宽的木板当桌面。凳子是无论如何也没有的，家里有的可以自带小板凳，没有的，索性竖起一块砖头，上面再平放一块砖直接坐上去便代替了。

一年级至五年级的教室是相连的，上课时甚至都能听到其他年级在讲什么，做什么。我的小学生活就是在这里，在这样的环境中开始的，一直到四年级才搬进了新学校。

小学五年，我和春儿一起，应该更多的是陪伴秀玲老姑度过的。秀玲老姑震前一直在当时一家叫翻砂厂的社直企业里上班，震后视力忽然越来越不好了。但别人谁也不知道，秀玲老姑性子好胜，自己尽可能掩饰着没告诉任何人。

那年母亲给秀玲老姑张罗着介绍对象，是下午在我家见的面。那时候我家已经在村子西口建起了半简易新房，离当时的老宅隔了一趟街。家族里其他的人家基本都是在原址恢复起来的。应该说离奶奶家也远了。那个相亲的男人走了之后，秀玲老姑在我家吃的晚饭。回去的时候说不上晚，还没到掌灯时候。

那时候很少有电灯，都是用煤油灯。

出门口没多远秀玲老姑喊我，我便追了过去。她说天黑看不好路，让我扶她回去。尽管我没有多想，这件事还是引起了看在眼里的母亲的担心。

第二天在家里人的谈话中得知，秀玲老姑的眼睛出问题了，一米之外的东西几乎看不清了，这种现象已经有些日子了。当时很多人都说秀玲老姑的眼睛一定是在翻砂厂被电气焊的强光给刺坏了，想了很多土法子也没有任何效果。

之后爷爷奶奶便带秀玲老姑去了北京看眼睛，大伯在北京城里教书。

两个月之后爷爷奶奶带秀玲老姑回来了。在北京医院检查的结果我不知道，只知道秀玲老姑彻底失明了。

对于秀玲老姑的失明，全村的人都很惋惜。本来到了出嫁的年龄，居然摊上了这样的事，对于谁都是断然无法接受的。

在家族中，老叔的心情更是无比的糟糕。当时老叔也已经二十出头了，正是晃对象的年龄。本来三叔在震后重新组合了家庭，娶进门一个让很多人无法接受的三婶，更让老叔一直耿耿于怀。如今家里又出了一个盲人，老叔担心自己晃对象受影响。

三叔续弦的三婶，是本村同在一个生产队的印庆家的给介绍的，是她的亲妹妹，心灵手巧，只是从小患有小儿麻痹症，无法正常走路，出出进进就靠一步一挪的屁股下面的一个小板凳来支撑。当时奶奶是说什么也接受不了三叔娶一个残疾人进门的。尤其是老叔，不知道明里暗里哭过多少次，当时老叔哭鼻子的情形想起来还是让我觉得好笑，以至于现在每每还以此和老叔开玩笑，然后换来老叔的一阵责骂声……

但在当时，老叔是一定担心将来因为家里有这样一个严重残疾的嫂子而影响自己搞对象的。毕竟在当时的家庭境况，三叔是可以找一个正常人的。但不论谁如何反对，三叔就是铁了心的要把这个连路都走不了的女人娶进家门。当时让三叔执着的唯一理由就是他那句回应每个人的话："感情你们饱汉子不知饿汉子饥！"

于是随便选了个日子，天不亮就把三婶背进了当时的简易棚中，以至于后来很长时间奶奶、老叔都无法接受。

好在续弦的三婶人还不错，能干，虽然出不了院子，但屋里屋外的活计居然能够忙活得井井有条，使得三叔家的小院干净利索，一点看不出女主人是一个严重的残疾者。

印象很深的是续弦的三婶刚过门第一件事就是给我们小一辈人每人做了一双崭新的布鞋，鞋底是三婶一针一线纳的，穿在脚上舒服极了。

其实坦白地说，我对于这个续弦的三婶的概念应该就是从这双新布鞋开始的。

更让一家人欣慰的是第二年三婶给三叔生了一个大胖小子，取名王玉。王玉的出生，使得因为地震痛失妻子儿女的三叔重新找到了生活的信心和希望。

现在秀玲老姑又失明了，家里无端又多了一个残疾人，这对于正是晃对象的老叔无异于雪上加霜。好在老叔的担心是多余的，他之后的婚姻其实丝毫没有因此受到影响，老婶的顺利进门及小伟的出生，给整个家族平添了更多的乐趣。

想不起是主动要求还是母亲安排，只要不上学的时间里，我和春儿就成了秀玲老姑的一双眼睛。送秀玲老姑去生产队的打谷场上剥玉米，接秀玲老姑下工回家。生产队没活儿的时候帮老姑劈洋麻，老姑搓麻绳卖，挣点零花钱。

母亲担心秀玲老姑看不见，心里闷，就给她买了一台收音机。于是我和春儿便经常去村里的供销社买电池给她换，后来供销社撤销了，有了小卖部，春儿、我和哥哥便成了小卖部的常客，只要我们一去，人家就知道拿给我们两节一号电池。

刘兰芳的评书《岳飞传》是我每天晚上陪秀玲老姑时得到

的最大奖赏了。

因为那时候很少有人家有收音机，更多的人是黄昏时分，端着各自家里做的晚饭，蹲在自家门口，边吃晚饭边从村子的大喇叭里收听当时刘兰芳的《岳飞传》。那个年代就因为一部评书，让村子里的人们有了这样一个统一的集体活动和寄托。

当然，秀玲老姑也会陪我和春儿收听中央人民广播电台的"小喇叭"和"星星火炬"两个少年儿童节目，时至今日，孙敬修爷爷讲故事的声音仍然时常回响在耳边……

就这样，小学的时光每天我和春儿就穿梭在秀玲老姑那里。学校——秀玲老姑那里——家。

没有其他同龄人的游戏和乐趣，我和春儿的乐趣就是陪秀玲老姑，静静地陪她，等她有需要时的吩咐，春儿和我同老姑很少交流，因为我们只是她的眼、她的腿。以至于到后来，我和春儿基本不用秀玲老姑吱声就能知道她需要我们做什么了，这是一种默契。

多年后很多人诧异于我不会下棋、不会打球等，我只能一笑了之，因为只有我知道，一直对秀玲老姑的陪伴，让我更多的习惯了沉默和安静。

我一直到现在都没有羡慕过那些小伙伴们那时候每天的疯跑、嬉戏打闹，甚至会玩各种各样的杂项，我的少年时光里没有这些，也就无从得知他们在其中有无乐趣了。

母亲总是不安分，生产队的时候就经常把公家分下来的花生炒了，或者弄些白薯装在粗布口袋里，骑上自行车到市里去卖。当时这是公家绝对不允许的，母亲就这样偷偷摸摸地拿这些农产品去卖掉，回来告诉我们，家里一定要攒钱盖砖瓦房子。

那时经常担心母亲，因为不小心就会被公家人逮着，给定个投机倒把的罪名，那么多东西是要没收的。

好在母亲吉人天相，面对公家人的检查，几次都是有惊无险。母亲每次都能把这些农产品变成一堆的零钱带回来，然后在煤油灯下将一毛的捋在一起，两毛的捋在一起，有时还能看到五毛的。母亲就这样把一张一张毛票捋整齐，连折着的都捋平放在一起，就好像亲手砌起新房的一层层砖石一样，盖房子是母亲当时最大的心愿。以至于当时二分钱一根的冰棍，我从来舍不得吃，因为我知道母亲赚来的钱不容易，省下一根冰棍钱，就能买一块瓦将来盖房用。

但春儿就比我要幸福得多了，因为偶尔母亲买回来点好吃的，顶多是让我尝一口，然后一定是让春儿吃掉的。每每想起当时我只能使劲地踮起脚尖，在母亲举地高高的冰棍上嗦一口后，羡慕嫉妒恨的看着春儿接过去，一口一口津津有味地舔食着的场景，说不清是一种幸福还是失落。哥哥要有主意的多，每每趁大人不注意，忽的一下从春儿的手里夺过吃的东西，一溜烟跑得远远的，不管春儿委屈的哭声，也不管母亲的责骂声。

当然，对于春儿的照顾，父母实实在在的倾尽了全部，以至于我和哥哥往往被忽视，而母亲则永远是那一句话："春儿是妹妹，你们是哥哥!"

是啊，哪有哥哥不让着妹妹的呢？以至于春儿从小就成了我们这个家里的小姑奶奶。日子再苦，每年母亲都会给春儿做上两件新衣服，而我，连春节出去拜年穿的新裤子都是从别人家同龄孩子那里借过来的，依稀还记得拜年回来脱下借来的新裤子，眼见着母亲给人家洗干净，还回去时心里酸楚的模样……

到我读小学四年级的时候，抓投机倒把的说法好像是没有了。

母亲开始不知道从哪儿弄来一包一包的袜子拿出去挨家挨户地卖。那袜子顶居然还是不封口的，母亲用一种叫钩针的工具，每天晚上还要在煤油灯下一双一双的缝口。我和春儿可以帮她把缝好的袜子装进一个个塑料包装袋中。有的时候进的货还有手表，印象很深的是海鸥、红莲两个牌子。母亲把这些东西裹成一个包袱，放在自行车架上出去一天就能换回一堆的钱，然后还是一张一张捋起来，厚厚的一摞，精心地套上皮筋。

能够感觉到，母亲的小生意越做越大了。

整个小学，我的成绩很一般，人在学校也很不起眼，最大的特点就是一直坐第一排。那时候，所谓的上课简直就是糊弄差使。整个年级一个班主任老师，兼语文老师、数学老师，甚至音乐老师、体育老师。

贯穿整个小学阶段的学习方式特点独特得很，就是校园里挂在大柳树上的那口破钟一响，大家飞奔着跑进教室落座，老师缓步走进教室，让大家打开第多少页课本，抄写 100 遍。然后，那个老师从教室门口背着早就准备好的箩筐给自己家的羊割草去了。

估计我喜欢上写字就得益于那个时候不停地抄写课本吧。音乐课很少上，所以我一直到现在也不会唱歌。体育课坚持得还是不错的，活动都是随意的，反正大家在一起疯玩就是了。只有我自己蹲在地上单独活动，老师组织他们跑跳，我组织蚂蚁开会。在地上画个圈，把在我周边来来往往的蚂蚁捏过来，放进我画好的圆圈中，就这样坐下来，看着十几只蚂蚁不安分地在圆圈中奔跑，防止它们逃出去。

春儿最讨厌了，经常在这时候悄悄地凑过来，从背后伸出手胡乱地毁掉我精心画好的圆圈，然后一甩两根系了红头绳的小辫，呵呵笑着跑掉，气得我真想追上去教训教训她，但是看着她在不远处扭回身冲我的一个鬼脸儿，顿时又无可奈何地摇摇头……

终于熬得不用再参加学校组织的集体给生产队割草、拣麦穗甚至逮老鼠、捉苍蝇、挖蛆蛹等活动了。

这些活动是现在的孩子们所不知道并且理解不了的。

当时学校组织的这样的活动，每次都是有任务指标的。体重不足四十斤的我们每次要背回不低于一百斤的新割的青草交到生产队，还要上磅秤称分量的。完成任务奖励一支铅笔或一个作业本，完不成还要补上。

相对体力活，挖蛆蛹是最轻松的了。就在自家茅厕里，随便捡就多得是，二十个就可以换一支铅笔。学校不要老鼠，只要老鼠尾巴来统计数字，一个老鼠尾巴奖励一支铅笔，而笨拙的我在如此重赏之下却很少能有本事逮到老鼠。当时的人们就是用这种方式除四害的。大家按指定的时间，总是能够把老师的办公桌堆得满满的。当时一直让我纠结的是每每还要被妹妹抢去一部分充当她的任务。当我向母亲告状的时候，得到的还是那句话："她是妹妹，你们是哥哥！"

最可气的是当春儿听完母亲这句话后坏坏的朝我做个鬼脸儿后窃窃的笑脸……

忽然没有了那些集体任务，原来是生产队解散了。

听大人们说是把生产队的土地和所有东西都分给各家各户了，叫联产承包。

我家和爷爷、几个叔叔家搭伙抓阄，从生产队分到了一头小毛驴和几件生产队的农具。母亲带着我们兄妹三人村南村北、村东村西转了一大圈，告诉我们一定要记好了，哪块地是自己家的。从此，无论男女老幼，只要农忙的时候，都会出现在自家的田间地头。

除了各家各户在农忙时节三五家合伙收拾自家的土地，大人们忽然比之前要忙碌得多了。

当了半辈子生产队长的爷爷习惯了之前每天给社员们分配地里的农活任务，忽然一下子闲了下来，自然是感觉浑身的不舒服，看着自己当年亲手指挥着平整好的连片的土地方田被支离破碎的分割开来，各家自由耕种，心里老大的不得劲儿。

虽说自己怎么也理解不了上边这样做的目的，但他相信共产党，相信公家，作为一名亲身经历从解放到土改再到人民公社的一个淳朴的庄稼人，爷爷最朴素的思想就是政府让做什么就踏踏实实做什么，这就是最大的本分。

但是，爷爷认为一家一户的土地耕种费工费时，也给每家每户增加了置办生产工具的成本，于是，除了把一大家子集中起来外，又说服了其他几家土地相连的人家，重新整合了从生产队分到的牲畜农具，成立了个"互助小组"，农忙时节，爷爷有条不紊地安排大家统一耕种，集中收割，俨然又找到了当年当大队长的感觉。

每家每户都开始寻思着怎么"挣钱"了。

爷爷是远近闻名的煮牛下水的行家里手，在几个人的撺掇下操持起了一个锅房，每年的秋分时节一过，便专门从外地买来牛下水，和几个搭伙的人一起把牛下水清洗整理，半夜起来煮熟，然后迎着清晨第一缕霞光骑上自行车往几十里地之外的市内的农贸市场、饭店里送。春节一过便停下来各自忙农活，如此坚持了近十年，直到奶奶去世后，爷爷被大伯接到北京生活。

当时，爷爷率先的举动，居然带动了村里十几户人家都跟着煮起了牛下水，不经意间，我家成了当时村里最早的个体经营户。

老叔也跟随村里的年轻人们往返于市里的工地，参与到了轰轰烈烈的震后恢复建设的大军之中，作为一名地震的亲历者，用自己的汗水亲手塑造着一座崭新的凤凰新城……

村里越来越多的人家从简易棚搬进了新房。父母也开始张罗着我家盖新房的事了。

建房的各种材料陆续拉进了院子。

爷爷组织着家里的大人们开始了紧张地忙碌，因为自己家能够做的活是很少请人帮忙的。

挖熬石灰膏子的大坑、熬石灰膏子、和焦子、倒焦子等这些累人的活儿都是老叔、三叔和三爷家的继宗二叔他们帮忙做的。在挖好的一丈左右长宽、近两米深的大坑旁架上一口直径足有一米半的大铁锅，将石灰石抬到锅里装满，继宗二叔把拉着水柜的牛车倒在大锅旁边，解开水柜后边的胶皮管子，将水注进大锅，老叔几个人围在大锅边上，手里拿着铁锹、搂钯，在咕嘟咕嘟冒着气泡和热气的大锅里来回搅动着，然后把架大锅的三角木架子向挖好的坑的方向托起来，乳白色的石灰水便倒进了坑中，再把锅里剩余的石灰石渣取出，再装满石灰石，防水，搅动，如此反复，将所有的石灰石全部熬好，待大坑中的石灰水沥干形成膏状备用。

三间房的房顶，要用十几马车的焦子，这些焦子要用熬好的石灰膏子兑水搅拌均匀后和好，进行发酵，几天后还要来回反复地倒，边倒边把其中的矸子石拣出来，否则不小心混在焦子里面打成了房顶，那些矸子石就会慢慢粉化，从里面拱出来，将房顶的防水面弄成疤了眼儿，下雨的时候房子就会渗水漏雨。于是我们兄妹三人便被母亲安排穿梭在几个叔叔中间，往外挑拣矸子石子。母亲说，小孩子眼尖。

继宗二叔在几个叔辈中是最手巧的，木匠、瓦匠的手艺说不上精，却也能干，大家给他起了个外号叫"半拉"。码礤用的石头是继宗二叔起了个大早骑着自行车跑了几十里路从北山上买回来的，临近晌午一车车拉着石头的大马车终于到了家，一家子揪着的心终于落了地。母亲赶紧忙活着烙饼炒鸡蛋，再炒上一盘花生米，算是犒劳继宗二叔。

继宗二叔盘腿坐在土炕上，大口喝着沧州白、大口咬着烙饼，得意地向爷爷几个诉说着他买石头的全过程，说到占了便宜的精彩处，全家人都跟着他一起乐。春儿我们三人躲在门外，偶尔偷着瞄一眼炕桌上的两面焦黄的烙饼、夹着葱白的金黄色的炒鸡蛋，盼望着大人们能够手下留情给我们剩一口。每每这个时候，爷爷都会把春儿喊过去，抓上一小把花生米，塞进春儿的手里。

春儿从爷爷手中接过花生米，赶紧扭身向外小跑，正要分几粒给我，不想哥哥眼疾手快，从春儿手里一把夺了过去，然后撒腿一溜烟儿远远地跑掉了。气的春儿将手里剩下的几粒花生米狠狠地砸向哥哥的背影，嘴里嚷嚷着："你等着，没你这么欺负人的。"

我则蹲下身子，在脚下捡拾起散落的屈指可数的花生米，放在手心里搓了又搓，然后放在嘴边轻轻吹去脱落的碎皮儿，拉过春儿的小手："别生气了，快把这几个吃了！"

余气未消的春儿则捏一颗花生米塞向我的口中："二哥，你也吃。"

选了个好日子，新房的地基开槽了。

开槽后需要打夯，就是把一个半人高一搂粗几百斤重的石头碌碡捆上两根木头檩子，抬进挖好的地槽打地基。打夯需要十个八个的小伙子分成两拨儿换着进行，第一拨儿四个小伙子站在地槽里抬夯，石家老大站在上面喊号子，在地槽里来回打一遍之后，另一拨儿人就往地槽里填一层掺着石灰面子的三合土，接着打第二层，直至把上面开槽时挖出来的土全部打进去。

最有意思的是听打夯的号子，石家老大不但是杀猪的把式，也是村上喊号子的行家。当年打夯的号子不但是给抬夯的人统一指挥的的口令，也是加油鼓劲的最好方式，更是浸透着浓郁乡土气息的文化传承。

石家老大站在上边喊一句，抬夯的人就应和一句，同时抬起夯后撒手砸一下。

石家老大："来呀么来嗨着呀！"

众人合："嗨呀哈——"

石家老大："把夯呀么抬起来呀！"

众人合："哎呦嘿——"

石家老大："爷几个加把劲儿啊！"

众人合："哎呀哈——"

石家老大："角角棱棱都打到哇！"

众人合："哎呦嘿——"

石家老大："看热闹的人真多啊！"

众人合："哎呀哈——"

石家老大："一起往边站啊！"

众人合："哎呦嘿——"

石家老大："小心砸了脚哇！"

众人合："哎呀哈——"

石家老大："东边来个人啊！"

众人合："哎呦嘿——"

石家老大："继宗的媳妇儿啊！"

众人合："哎呀哈——"

石家老大："大肚子鼓起来呀！"

众人合："哎呦嘿——"

石家老大："眼瞅着就要生啊！"

众人合："哎呦哈——"

石家老大："生个什么娃呀！"

众人合："哎呦嘿——"

石家老大："一定带把儿啊！"

众人合："哎呦哈——"

远处走来的腆着大肚子的继宗二婶儿抬手指着石家老大喊道："哪有大伯子这样糟改兄弟媳妇的，石家大哥咋就不知道嘴下积德啊！"

围观看热闹的婶子们及那些小叔辈便起起哄来……

抬夯是力气活儿，比填土累，抬不动了，两拨儿人就换一下。这些人除了家里几个年轻的叔辈，就是母亲从各家请来帮工的。地基打好后，就要雇些有瓦匠手艺的人来砌墙。和泥搬砖的小工自是家里的人，砌墙马虎不得，是要花些钱的。爷爷则跟在砌墙瓦匠后面，手持一根筷子粗细的木棍，把每一层砌好的砖与砖之间的缝隙上的泥刮干净。

墙砌好后，就是木匠的活儿了，上房梁、房檩、钉椽子。然后就是编笆，编笆要两三个人的配合，把成捆的苇草递到房顶订好的椽子的缝隙间。母亲请来的是专门编笆的手艺人，这些手艺人不但编得快，最主要的是编得结实、薄厚均匀。手艺人踩在椽子上从房顶的一角开始，将一把把苇草编织开来，密密实实的将椽子覆盖起来后上笆泥。笆泥是用黏土、麦秸和在一起的，从地面挑到编好的笆上，均匀地铺开，晾干后，就是上焦子了。上笆泥和焦子的时候，不用花钱雇人，家里的叔叔辈及村子里相好对劲儿的年轻力壮的都主动过来帮忙。一般大家都是起个早，众人齐上阵，人多力量大。在地面到房顶中间，搭起两层脚手架，每一层两米左右长、不到半米的宽度，上面铺上拼接起来的木板，每一层上站两个人打接力，这样轮流着一个时辰的空儿就能上完。

笆泥和焦子上完之后犒劳大家的，好像约定俗成似的，千篇一律的炸饼和菜汤儿。几个婶子们在一口陶制的大瓷缸中和好几十斤的面，在一个铺好的白洋铁片的案板上分好大小一致的剂子，将剂子用擀面杖儿擀成片状，再麻利地划几道口子，拎起来放进滚开着的冷灶油锅里，翻两个个，金黄的炸饼便出锅了。菜汤儿就是烧开的一锅水里，放上些菠菜叶，倒上些酱油、醋，再撒几个打碎后搅拌均匀的鸡蛋。每人直接从锅里盛上一碗，手里抓一张炸饼，便是劳动之后的最美早餐了。

我家的房子盖好后，很快就搬了进去。

自从当年委屈的和二爷家挤在那个院子里，母亲就一直盼望着能够攒钱盖房搬出去，更准确地说是躲出去。地震前终于口饿肚攒地盖起了真正属于自己的三间平房，不成想一场突如其来的灾难将母亲多年的心血毁于一旦。现如今终于又搬进了新房，再圆了母亲的一个心愿。

秀玲老姑似乎也更忙碌起来，好在不用再去生产队的打谷场了。因为爷爷家的、几个叔叔家的、我家的，总之收回来的玉米棒也好、花生也好，各家门口一堆一堆的。我和春儿就更多的时间是陪她忙活着剥玉米棒、摘花生了。偶尔我们几个孩子也必须去跟着下地干农活。

那年大秋时节，几家人合伙种小麦，我负责拎着粪筐一垄沟一垄沟的撒粪，因为速度跟不上，偶尔被爷爷责骂不中用，说什么这样的话将来怎能养家糊口，看得出就成不了好庄稼人之类的话。

我心里说不出的委屈，因为这不是我要的生活，我可以不种地，将来我也做工人，去城里，就可以不学现在这些农活手艺了。但这些话我是没敢反驳爷爷的，只是自己心里暗暗下着决心罢了。我羡慕着身边的几个小伙伴，因为他们的父亲是正式工，将来到了年龄就可以去接班顶工，而我没有这样的条件，唯一的出路就是要好好上学，考学出去就能有个正式工作，而不是像父辈们一样整天面朝黄土背朝天。

当时家里每个人的生活都相对稳定了下来，最让爷爷奶奶揪心的就是失明的秀玲老姑。老姑早已到了出嫁的年龄，却一直找不到合适的人家嫁出去。这事母亲看在眼里，也是急在心里。

西隔壁的石家，母子三口，本是村上的书香门第。石老师是远近闻名的教书先生，早年病故，留下了石老太太和两个儿子相依为命，加上富农成分，老大老二早已过了娶妻生子的年纪，却一直没有娶上媳妇。老大没有继承石老师的遗传，一点也没有书生气，而是在生产队上学会了一身的庄稼把式，最拿手的就是杀猪的手艺，衣服上常年弄得油光锃亮的。老大为人仗义，谁家有个大事小情的不管言不言语，总能过去帮忙操持，尤其是地震的时候他从屋子里逃出来得早，组织着大伙从倒塌的废墟中扒出来几十口子人。庄户人都懂得感恩，大家对石家老大都很敬重。老二倒是因为从小身体就不好，文文弱弱的，走起路来不慌不忙，稳稳当当，说起话来也是慢条斯理，不像老大那样风风火火。

庄稼人忙完了各自的农活也是闲不住的，串门成了每天必不可少的元素。前后左右的邻居间串门就像是从自家的东屋转到西屋一样随便。石家兄弟每天闲下来后到爷爷家串门更是常事。

当时东院当右派被从县城遣送回家的于家四爷每天也都要在爷爷家坐上好一阵子，不厌其烦的和每个人讲述他的前半生经历。于家在庄户里是个大家族，祖上在城里有大买卖，新中国成立后公私合营，于家四爷就留在了合营后的工厂里边了，听说还是当时少有的工程师。早年间因为发明改造了农用柴油机，还在当年的全国群英会上受到了刘少奇等党和国家领导人的接见。后来不知道为什么被打成了右派，经常大会小会的接受批斗，落下了吐血的毛病，再后来就带着一家人回了老家。

于家四爷是个讲究的人，清瘦白净的脸颊，一头梳得整整齐齐的花白的头发，常年一身洗得褪了颜色却干干净净的中山装，手里经常攥着一个叠得四四方方的手绢，每每一咳嗽，便把手绢抖开来，遮住嘴后，再轻轻一擦，一抹。于家四爷是少有的戴近视眼镜的人，记忆中，当时整个庄户里应该就只有他和三爷是戴眼镜的人。巧的是于家四爷的闺女嫁的就是三爷家的继宗二叔。

至今还能够想象得到当时爷爷家每天午后、晚饭后老少爷们聚在一起拉家常的场景。其实我对于小时候很多模糊的记忆，可能都源于每天大人们的拉家常。

所有人都习惯了每天的串门走动，母亲却从习以为常的邻里来往中看出了希望。因为比秀玲老姑年长两岁的石家老二总是能和老姑聊得投机，而且还能时常把老姑难得的逗开心。于是，母亲适时地和两个人直接挑明了话题，将石家老二和老姑撮合在了一起。

两家人自是高兴得不得了。为了便于秀玲老姑进出，连两家院子中间的院墙都打了一个缺口，修葺起了一个互通的小门。

秀玲老姑结婚那天，石家老大亲自操刀，将家里养的一头肥猪宰了给大家做下酒菜。

老叔几个人从猪圈里把猪轰出来，摁倒在地，将四只猪腿用绳子捆扎起来，然后将猪抬到院子角落的一块石板上，石家老大挥起一根扁担，照着猪的耳后不偏不倚砸下去，那猪哼哼几声，身子抖动几下便昏了过去。乘着这个时机，石家老大抄起一把尖刀，直接捅向猪的脖颈，还在里面左右来回反复几次，一股股红的鲜血便喷涌了出来，爷爷赶紧用事先准备好的大铁盆迎了上去，接住新鲜的猪血，然后再撒上一把盐，用一根木棍不停地搅动，直到把血流干净，猪血同样是一道大家喜欢的美食。

几个人抬着流尽了血的猪，直接放进早已经烧开了水的冷灶大锅里，准备给猪褪毛。石家老大在猪的一条后腿上用刀切开一个一寸左右的口子，然后将一只手指粗细的一米多长的铁钎从切开的口子里面沿着猪的皮下插进去，反反复复尽可能将整个猪身都捅了个遍之后，抽出铁钎，拎起猪腿，挺直了身子深深地吸一口气，再弯下腰，将嘴对准那个切开的口子，鼓起了腮帮，向里面吹气，就像小孩子们吹气球一样，将猪身子吹得膨胀起来，麻利地拿一根细细的麻绳将口子系紧后，石家老大手持一把专用刮子，将热水浸过的猪从上到下刮了个遍，露出了白花花的肉皮后，再把猪抬出来，悬挂到事先临时搭架起来的结结实实的木架上将猪开膛破肚，先将一件一件热气腾腾的猪下水切摘下来，然后再将猪身子放到那块石板上，切头去尾卸猪蹄，将整个身子再进行分割出各种烹调做法的料块。

三爷带着我们几个孙辈的孩子们在大门口摆上几挂大地红小鞭，噼里啪啦地燃放起来后，依然饶有兴趣地在燃放完的碎屑堆中捡拾起那些没有被点燃的零散小鞭，大家哄抢到自己手中，有带信捻的，用奶奶平日里给观世音上香挑拣出来不能用了的折断了的线香引燃，找准时机抛向空中后，清脆的"啪"的一声便在头顶燃爆开来。那些没了信捻的小鞭，便被我们从中间撅折，露出黑乎乎的炮药，相互朝向旁边的玩伴，小心翼翼的吹亮香头，然后对准了炮药引燃，两道烟花便瞬间喷射而出……

老姑结婚那天特别漂亮。一身草绿色的旧军装，上衣的领子是翻开的，里面一件的确良的白衬衣，在向外翻开的上衣领子旁，带着一朵大红的绢花，绢花下面的红布条上是两个烫金的字——新娘。虽然军装不是新的，但那是老姑一直舍不得穿的最喜欢的一套衣服了。

在几个婶子们的簇拥下，石家老二一身藏蓝色的中山装，头上还戴了一顶藏蓝色的帽子，胸前也戴着标着新郎字样的红色绢花，通红着脸搀扶着老姑出了爷爷家的家门，然后右拐几米后，老姑便进入石家。

那一刻，我能清晰地看到老姑一双依然有神却失去光明的大眼睛里噙满了泪花，随着眼睑不时地眨动，那泪花便变成晶莹的泪珠，从老姑清瘦却难得的泛着红晕的脸颊上滚动下来。

我的心里是一种莫名的说不出的滋味，心里空落落的，不经意间鼻子一酸，一双稚嫩的眼睛瞬间便迷蒙起来，似乎几年来一直作为老姑的眼睛、拐棍的我忽然就被石家老二给替代了。

春儿是最理解我的，从身边轻轻拽拽我的胳膊："二哥，老姑结婚了，多了老姑父的照顾，是高兴的事啊！"

春儿说得对，多了老姑父的照顾，是高兴的事！

秀玲老姑的婚礼虽然简单，却是两家人最高兴的。左邻右舍围在一起的一顿酒席，见证了说不上爱情的一场婚礼，因为老姑和石家老二的结合，更多的是一种陪伴和相依为命。

后来，秀玲老姑的身体越来越不好了。当时不明白为什么眼睛看不见了，还会影响身体，以后才知道，原来老姑得的是眼底癌。癌是什么我不懂，只知道老姑疼痛起来难受的样子，到最后一定要靠打一种针来止痛才能缓解的。那种用小玻璃瓶装的药水很难淘换，长方形的纸盒，里面并排放着整整十支盛满无色液体的小玻璃瓶，叫吗啡。

直到秀玲老姑去世当天，还有一个远房的亲戚送来了一盒。正赶上发送老姑，那个人在老姑的遗体旁撕心裂肺地哭着说她来晚了的那个画面我至今都印象深刻。

秀玲老姑也是火化的，村里很多人过来帮忙，用一辆大白马车将老姑的遗体运送到已经震后异地重建的火葬场。此时的火葬场迁到了村南，标志性的建筑还是一座高耸的烟囱。

我一直凝视着秀玲老姑的遗体被推进窑炉，对开的两扇乌黑的铁门徐徐的关闭起来，就此将老姑和我、和家人阴阳两隔开来……

我的泪水一直无声地流淌。

秀玲老姑看不见了，不对，老姑本就看不见的，但我相信老姑知道我和家人们是如此的心痛，如此的不舍……

火化场高耸的烟囱中，一缕青烟缓缓地升腾起来，我知道那是秀玲老姑在不舍中和我作别。

我就这样默默地、默默地仰着头，目送秀玲老姑渐行渐远，和之前一样没有语言，只有心意相通。

秀玲老姑的骨灰是我一捧一捧轻轻地放入骨灰盒的，骨灰热得有点烫手，就像老姑每每感觉发烧时让我用一只手放在她的额头上一样的温度。

我祈祷自此秀玲老姑再不会被病痛折磨！天堂里没有病痛！遗憾的是老姑没能留下一男半女。

春儿一直陪在我身边，我没有看到她掉一滴眼泪！

春儿只是始终紧咬着自己的嘴唇，默默地凝视着老姑的灵床、遗体，凝视着高高的烟囱中升腾起的渐行渐远的那缕轻烟。以至于在我红肿的眼里看到的是春儿紫色嘴唇上深深地咬过的牙齿的痕迹。那次之后我才发现，不知道从什么时候开始，春儿就没有流过眼泪！

还没有走出秀玲老姑逝去的心痛，我就上初中了。

初中是要去五里地开外的中心学校的。没有自行车，即便有也还不会骑。每天往返就是步行。很庆幸初一的班主任是我很喜欢的一位老师，教语文，姓王，叫王克东，市里人，家好像是在小山附近。他稳重、博学、严肃，爱我们。不知道为什么，从第一次见到克东老师就总能想起鲁迅先生来。

第一次在学习上找到感觉源于开学不久的一次作文。王老师安排大家以我最×××的人为题写一篇作文，当时我便以《逝去的亲人》为题倾诉了对去世不久的秀玲老姑的怀念。不想这篇作文在学校老师中引起了强烈的反响，以至于很多其他年级的老师都拿那篇作文做范文给自己的学生去讲。克东老师还把这篇作文替我寄了出去，发表在当时的《中学生作文》上。那是我的名字、我的文字第一次变成铅字。在当时那个学校里还是没有过的事情，这要感谢克东老师。其实，如果说自此我对学习找到感觉的话，更准确的不如说是对作文找到了感觉。

可想而知，自此老师们都很喜欢我，被老师喜欢的学生学习一般都是错不了的。初中一年级我就入了团，当了班干部。

暑假作为我们村的学雷锋小组长每周还要去学校汇报活动开展情况。那时候全国都在如火如荼的学习雷锋，学习张海迪。

那次正好是返校汇报我们学雷锋小组的活动情况，我在村口的路上捡到了一块崭新的手表，还带着包装呢。没有多想我就返回大队部，交给了村支书，然后轻松返校。身后的大喇叭里传来村支书逐字逐句的声音，是说我捡到了一块手表，谁丢了的话去大队认领。结果那块手表被村里的一个于姓人家给领走了，说是给儿子订婚买的，不小心丢在了回村的路口。不过村里的人私底下议论纷纷，都说那是一块进口的手表，要好几百块，托人都很难买到的，那家于姓人家根本买不起，再说了很长时间也没见他家那个儿子订婚，手表一定是过路人丢的，只是于姓人家奸猾，知道认领也就白认领了，真的捡了个大便宜罢了。以至于回家之后，春儿数落了我半天，说我简直缺了大心眼了，当时能带上一块上海全钢的手表就已经很了不得了，何况是一块进口的，说我不稀罕，她还想要呢，怎么连招呼都不打就直接交了上去呢。

尽管我不以为然，春儿却为此纠结了好些日子，甚至一段时间都不再好好搭理我。

没想到后来这件事居然被弄大了。

起因是村支书去乡里开会，把这件事情反映给了我们校长，他俩又一起反映给了乡里的书记。反正我没和任何人讲，也不知道他们是怎么包装的。可能是当时太缺少"五讲四美三热爱"的典型素材了吧。

初二开学，学校对我进行了隆重表彰！

一进学校的大门，两侧的宣传墙上居然赫然写着"远学张海迪，近学王俊杰"的标语口号。这标语在当时可是不得了的。团县委授予了我优秀共青团员称号，我还被评为了唐山市级的优秀班干部。

自此，县广播电台、市广播电台对我进行了长达一周的事迹连续报道。那时候市县两级好像还没有电视台。

不知道是谁给我罗列了那么多感人的事迹，诸如给五保户老人打扫卫生、尊老爱幼、做好事不留名、满头大汗往返十几里地把买东西多找给我的钱交还给售货员等。

说实话，那些连续报道的事迹内容不是我，甚至连我为此也被感动着、激励着。

不过，荣誉对我学习的促进是有很大作用的。

当时我的成绩一直在年级名列前茅，甚至有时候诸如历史、地理这样的课程，在老师临时有事的时候，都是交给我站在前面去讲，带大家一起学习。偶尔还能代表学校、代表乡镇去县里参加各种各样的知识竞赛，每每都能拿个奖项回来，当时的"风光"可想而知。

在父母眼里，我们兄妹三人都还是很让他们欣慰的。哥哥参加了学校的体育队，特长是中长跑，当时还创造了几项保持了很多年的诸如400米、1500米的县级纪录。春儿的学习成绩也是相当优秀的，我俩从小学一年级就在一个班，一直保持到了初中毕业。

当春儿早已融入了我们这个家庭后，父母也在享受着有儿有女的天伦之乐。

为此，也每每招来一些叔叔婶子辈的羡慕嫉妒恨。因为当时因为计划生育政策，很多家庭都只能生育一个孩子了，至多头胎是女孩的话，还要够间隔才能再给一个生育指标，这对于习惯了几千年养儿防老传统观念的人们无疑是绝对接受不了的。于是，那些没有儿子的叔叔婶子们想尽了一切办法去实现他们的养儿防老梦。

继宗二叔家的两胎都是女孩。那年继宗二婶又怀上了。眼见着继宗二婶的肚子越来越大，在继宗二叔二婶对儿子的急切期待中，却迎来了越来越紧的计划生育政策。

一部分农村人根深蒂固的养儿防老观念一时很难改变，人们在痛苦地挣扎着，抉择着，接受着，改变着。乡里的计划生育部门更是利用各种形式对人们进行着宣传、教育、处罚，其中不乏处理方式的简单粗暴。随着社会的发展，老百姓观念的进步，现如今计划生育早已深入人心，但在当时，人们的观念改变实实在在的是艰难和痛苦的。

乡里的卫生院没几张床位，学校里腾出几间教室来，将四张课桌拼在一起，上面蒙一条床单就成了做绝育手术的临时床位。一批一批的育龄妇女被双排座汽车从各村拉了过来，集中做了结扎手术。

四婶也和众多的婶子们一样被做了绝育，只是没有像其他人一样幸运没啥反应，从那以后落下了毛病，一干体力活儿就坚持不住。本来四叔身体就不好，家里的农活根本帮不上什么忙，这样一来，四婶的压力更大了。虽然四婶偶尔也去找妇联主任，甚至去乡里讨说法，尽管给了一点补助，但对于失去体力劳动能力的四婶来说，是绝对没有什么意义的。在四婶的心里，庄稼人干不了庄稼活儿，自己就是废人一个了。

又怀上了的继宗二婶挺着大肚子跑了。听说是躲了起来，躲到了哪里谁也不知道。

村上的妇女主任带着乡里计划生育工作组的人三番五次找上家门，苦口婆心做继宗二叔的工作，要继宗二婶赶紧主动回来引产。

继宗二叔就闷头坐在堂屋的门槛上，一支一支地狠命地吸着烟一言不发。乡里来的工作组终于失去了耐性，带头的大手一挥，朝着带来的其他成员一声令下："给脸不要，先把他家的窗户给摘喽！"

带头的人，我印象深刻，就是当年那个腰里斜挎着"王八盒子"的护秋工作组中追赶捡拾花生的西敬大奶的那个姓杨的家伙。现在又负责抓计划生育了。

眼见着工作组的人跳上窗台，将东西屋的窗户打开，连劈再拽地将窗户扇往下拆，继宗二叔急眼了，将捏在手里燃着的半截烟头砸向那个姓杨的："你奶奶的，我和你们拼了！"

继宗二叔一头将那个猝不及防的姓杨的撞了个趔趄，两个人扭打在一起。左邻右舍的人们开始围拢过来，瘦弱的三爷拨开议论纷纷的众人，在我印象里唯一一次大喝一声："都住手！你们这和土匪有啥区别？"

周围的人也上前将扭在一起的两个人拉开，姓杨的胡撸胡撸零散的上衣："谁也别拦着啊，我们是上支下派，在执行基本国策，抗拒就是违法！"

三爷上下打量着那个姓杨的，不紧不慢地接过话来："这位同志，上支下派就是让你们来给人家拆房的？按规定超生的该打打，该罚罚，你们工作组也该讲方式方法吧，咋能上来就破窗拆房呢？"

于家四爷也上前，诺诺的压低了声音："还给人活路不？"

姓杨的工作组长斜眼看了看于家四爷："你给我老实点，一个老右派，哪有你在这指手画脚的资格？我告诉你啊，别以为这两年没搭理你，就不知道自己姓啥了！"

于家四爷被噎得直翻白眼，将手中的手绢遮掩在嘴角，不停地咳嗽起来，不小心身子一个侧歪，一口鲜血竟喷了出来。众人赶紧将他架住扶回家去。

三爷连气带急，不住地摇头，指着那个姓杨的："你们非要弄出人命来吗？告诉你，前几年你骂他右派他得听着，现在平反落实政策了，你还翻人家老账，揭人家疤？有本事你冲我来！"

那个姓杨的知道三爷是个老干部，不敢更多的招惹，习惯性的朝着他带来的几个人大手一挥："把窗户赶紧装车，我们先撤！"然后冲出人群，跳上停在当街的双排座汽车，在人们的咒骂声中开车走了。同时还没忘高声严厉警告一脸茫然、悲愤的继宗二叔："你等着，找不到你老婆，就等着拆房吧！"

不知道是谁想到的办法，乡里竟然因为继宗二叔二婶的事找到了父亲谈话，当做政治任务压给了父亲来说服继宗二叔。这给本已是鸡犬不宁的家里又增加了巨大的心理压力。

父亲在公家做事本来就谨小慎微，树叶掉下来都怕砸到脑袋。不听上边的自然是交不了差，到时候说不准一定要有小鞋穿。听上边的，家里这个叔伯兄弟铁了心要儿子，这工作如何去做？继宗二叔一句"感情你站着说话不腰疼"，父亲就无言以对。

那天晚上，一大家子人挤着围坐在屋子里。爷爷闷坐在炕沿边，手里不停地旋动着卷好了的旱烟，几次想放进嘴里点着，却又放了下来，半天才从嘴里挤出一句话："再怎么着，我以为，让人断子绝孙的事，咱不能办！"

坐在炕上的三奶赶紧往前蹭了蹭身子把话接了过来，冲着一脸无可奈何的父亲说道："这还要祸灭九族咋的了，一人做事一人当，你就踏踏实实上班，看他们能把你怎么着！"

继宗二叔早就憋得通红着脸："二哥也不用为难，你不就是个以工代干的差事吗，大不了回来种那几亩责任地，有啥了不起的。"

奶奶则是一边唉声叹气，一边揉着自己的太阳穴像是自言自语："命啊，都是命！就看继宗家的小老三儿自己的命了！"

继宗二叔则是委屈地叨咕着给大家听："爱咋地咋地，儿子我是要定了，他们把房子拆了有啥大不了的，只要有人在，拆了我再盖！"

或许是继宗二叔的话深深刺激了父亲，也或许是本来母亲就一直叨咕父亲的工资都没她卖几双袜子挣得多，这么多年了也转不了干，还不如辞了回家一起好好把生意做起来的原因，父亲果然辞去了在乡里的差事。其实父亲大半辈子一直不顺，当年在保定读了中专，本已经分配到了承德的税务所工作，为响应减轻国家负担的号召精简回乡，因为能写会算，被公家抽调到"四清工作组"，后来又被安排到公社的夜校当教员，再后来一直在公社里当养猪专员、社办企业里当会计，一直没有机会转正，最后还是回家。尽管父亲不是一个地地道道的庄稼人，也没有什么大的作为，但后来和母亲一起做起的小本儿生意却也红红火火。

为了严控计划外生育，尤其是超生，计划生育工作组也是使出了浑身的解数。除了继宗二叔自己知道挺着大肚子的二婶躲到了哪里，没有别人知道。但是，工作组的人还是根据继宗二叔两口子的外围亲戚，在几十里外的县城里找到了继宗二婶的藏身之地。

结果自然是被直接拖上车，就近拉到了县医院，给继宗二婶强行做了引产和绝育。后来听家里的大人们说，被引产下来的那个孩子果然是个男婴。从医院把二婶接回来，继宗二叔两口子抱头痛哭。继宗二叔边狠劲地抽着自己的耳光，边骂自己没用。继宗二婶躺在炕上号啕大哭，数落着自己命苦，成了绝户！

三奶则是盘腿靠在炕里的被垛上心疼的掉着眼泪喃喃自语："命，这都是命！"

命，都是命！但人活着就是和命运抗争和适应的过程。不论有没有儿子，当第二天伴随着冉冉升起的朝阳，挨家挨户的房顶上的烟囱中弥散开来的炊烟，证明着人们的日子都还要一如既往地过。

三叔早已走出了在地震中痛失老婆孩子的阴影。一大家子里大事小情似乎和他没什么关系，有了续弦的三婶，生了一个大胖小子，三叔知足。他是村子里第一批拿到独生子女光荣证的，用他自己的话说，儿子闺女没那么重要，也没指望将来儿女能怎么样，自己屋里有个知冷知热的老婆就够了，何况国家给发了独生子女光荣证，有了这个小红本儿，自己两口子现在每个月还能领几块钱的补助，将来老了政府还能给养老金，有啥想不开的，有啥不知足的呢！

父亲和母亲也是知足的。偶尔的纠结便是来自春儿这个特殊的闺女。

父母对春儿过的关爱，不但让我在这个家庭中成了被严重"忽视"的角色，更让春儿有些霸道了起来。

哥哥在体育队，因为要经常性参加比赛，学校统一购买的印有学校名字的运动服是当时多少个和我一样同龄的孩子们所向往的啊——胸前直通拉锁的绒衣绒裤、秋衣秋裤及运动背心裤衩，从里到外穿在身上就是当时校园里最帅的一道风景线。可是我从来没有资格穿过一件，我只能一成不变的等哥哥的衣服淘汰下来给我穿。而春儿是每年都要做几件新衣服的，加上春儿出落得越来越漂亮，从小养起来的齐腰的长辫，一双水汪汪的大眼睛，在当时是名副其实的"校花"。

只是春儿的性格里似乎少了一种同龄孩子的活泼，家庭之外，展现的总是多了一份与年龄不符的冷漠，尤其是她的特立独行，每每让父母多了一份隐隐的担忧，尽管父母能做到的是尽最大可能把更多的关爱给予春儿。

在兄妹三人中，最早骑上自行车上学的是春儿。我印象相当深，那是父亲从市里买的一辆二手的 26 型弯梁飞鸽自行车，当母亲告诉我们兄妹三人换着骑的时候我就知道自行车与我无缘了。因为哥哥每天坚持利用早晚时间锻炼长跑，根本不用骑，而我想和春儿分享那是绝对过不了她这一关的。

果不其然，春儿在我羡慕眼馋的目光中早已紧紧地握住了自行车的手把，明确了我要骑的唯一途径是她要坐后倚架，让她享受坐"二等"的待遇，不过这已经是我求之不得的了。

只不过，每当我享受骑自行车驮着春儿往返于学校与家的土路上时，最接受不了的是春儿当时和我两个世界般的穿着打扮。我一年四季是哥哥淘汰的旧衣服，而春儿则开始迎合新潮的打扮，大翻领的上衣，直筒喇叭裤，好好的一双大眼睛上非要戴上一副蛤蟆镜。我们两个在一起，总让我有一种自己是拉黄包车的车夫的感觉。春儿却是一副臭美的"大小姐"乐在其中的样子。

印象当中清晰的记得春儿买了喇叭裤、蛤蟆镜回家之后，当时受到了母亲的严厉责备，因为当时的普通本分的农家孩子的父母是绝对接受不了这种标新立异的。可是执拗的春儿的反驳竟让母亲一时语塞，春儿委屈地说是母亲的思想落伍了，这是现在最时兴的，人家镇子上好多同龄的女孩都穿上了，为什么我不能穿？就因为我不是亲生的？每每这个时候母亲都是选择沉默……其实这样的事情很多，包括家里的第一台双卡录音机，都是在春儿的强烈要求下买的，春儿喜欢听音乐，邓丽君、张国荣等港台歌星的歌曲她喜欢，我不喜欢。

每每我都是和春儿埋怨上一句："你就往那些人的样子学吧，喇叭腿裤，戴个蛤蟆镜，再抱上一台双卡录音机，招摇过市，这和小流氓有啥区别？"

春儿则不屑地甩我一句："装啥装？我就不信你不爱看！"

我是真的不爱看。

当时村子里条件好的人家开始添置电视机了，黑白的。

于家四爷落实政策平反后得到了一笔不菲的补助，他家是最早买了电视的。

于是原来习惯于聚到爷爷家串门的人们每天晚上都开始涌进于家四爷家里。屋子容不下，于家四爷的儿子便索性在每天吃完晚饭后把电视机搬到院子里，早早地打开，选好台，然后不停地调整两根天线的角度，让接收的图像尽可能的清晰。当时应该是传输信号不稳定，在大家聚精会神看的过程中，还要不时地转动天线。每当电视屏幕上出现大量雪花时，着急的人直起腰想去拨弄天线，于家四爷的儿子赶紧制止："你别动，当心碰坏喽！"

唐山电视台在播《射雕英雄传》，更是吸引了越来越多的人围在一起看，人群中自然是少不了哥哥和春儿的。

为了能看到最好的效果，于家四爷的儿子还买来了一张彩色塑料板覆在电视屏上，这样就能够看到带颜色的图像了。

　　一天晚上，由于挤在一起的孩子们多，当电视演到高潮时，不知是谁家的孩子居然"嘿嘿哈哈"的边看边比画，就像进入了剧情似的，弄得旁边的春儿赶紧躲闪，结果碰到了放电视的折叠饭桌，那台十二寸的黑白电视机差点摔到地上。于家四爷的儿子急了："滚滚滚，都他妈的给我滚，赶明儿谁也别来了，有本事自己家也买。"

　　一群人都抱怨春儿不小心，都怪春儿惹了事。委屈的春儿一路哭着回到家问父母，"咱家怎么就不买电视呢，要是咱家也买了电视，就不用觍着脸总去别人家看了。"

　　不知父母是心疼春儿，还是真的攒够了钱，没过多久，家里真的也买了一台黑白电视。

　　从此春儿就不用再去别人家里了，而是每天晚上津津有味地欣赏自己喜欢的电视节目。其实与其说是喜欢的节目，不如说是只要是电视台演什么春儿都不厌其烦地追着看，一直要等电视台最后说"今天的节目全部播放完了，再见"，春儿才会恋恋不舍的"啪"的一声摁下电视机的开关钮。

　　当然，越来越多的家庭都有了自家的电视，后来电视天线都不再用机壳上自带的了，取而代之的是每家每户在房顶上支起一根木杆，顶部架着由几根并排的铝管做成的室外天线来。

　　那时村子里的天线就像春天的青苗一样，时不时就在房顶上冒出一根，向全世界宣布着那一家也添置了电视机。

　　我和春儿不一样，是很少看电视的。

　　当然我也有自己独享的快乐，那就是每年寒暑假基本都能够去北京大伯家里补习功课，这是哥哥和春儿都不屑的。在北京我见识到了外面世界的精彩，除了被大伯带着去插班到补习班学习，最大的快乐就是骑上自行车穿梭于北京的长安街和那些密密麻麻的胡同。大伯的家位于西城区复兴门不远处的太平桥，附近就是当时的中央电视台、电报大楼、民族文化宫，补习班在军事博物馆对面的玉渊潭中学，和我同在补习班上的好多都是干部子女，但我和他们相处得还是很愉快的，没有人瞧不起我这个农村来的乡下孩子，甚至都能给我生活上及学习上的各种帮助，让我感受到了大城市孩子们的热情，同时也增添了我未来对于城市生活的向往。

中考前，克东老师给我建议，让我填报滦县师范学校，那是中专。他希望我尽快传承他的衣钵，将来也做一名教师。但我没有听他的建议，哥哥前一年因为体育特长，被特招考进了天津的铁路工程学校，是一所省部属的中专。我第一志愿填报的是县一中，读高中的话，就能够去读大学。最后我以中考成绩全县第二，加分总成绩全县第一考进了县一中，我要上大学，上大学同样可以当老师，应该能当一个更好的老师。

青春记忆

带着对未来美好的向往，带着家人对我美好未来的期待，我和春儿一起考进了县里的最高学府——第一中学。

学校不在县城，就在离我家不远的镇上，二中在县城里边。报到那天是爷爷赶着牛车送我们去的。爷爷在那个季节每天要去割青草的，青草割回来晒干，堆起来用于冬天喂牛，一天能割回满满的一牛车，学校是他割草的必经之地。这种待遇在当时也算是专车了。

没有父母的陪伴，我和春儿一起完成了报到，办好了粮食关系，当时的粮食关系是要从家里边每人拿二十斤小麦，交到镇上的粮库，换成一纸粮食关系证明，再交到学校，才能在食堂花粮票买饭的。

我和春儿不在一个班，分别找到了教室，整理好了宿舍的床铺，期待美好的高中生活精彩演绎。

早已放飞的一线悠长，

随着星辰，

小屋的笛声响起又淹没过。

在匆匆画完句号之后，

总不愿看到天边日落，

晚霞又升起。

自行车重温东去的乡路上，

一串春风的歌唱。

我那久违的白杨树，

挺拔于晚风中迎我。

沉甸甸的逝去招来，

愈沉的沉沉将逝。

记忆中的牛车，

载着将行时奶奶的嘱托，

到起点（对我），

还要满载回那一天，

爷爷裹着晨露流淌的汗滴。

我行囊空空。

月圆了，

是我刚画出的一笔，

不经意又抹一层朦胧。

不甘心那让你讨厌的升腾，

又在沉默里升腾。

深蓝的天幕上能否挂一层明净？

轻轻地，

我掬起那块晶莹，

永恒的晶莹。

充满新鲜感的高中生活在紧张的军训中开始了。

高一新生八个班，我在一班。军训是以每个班为单位进行的，分别配了一名解放军战士做教官。依旧是班里个子最小的我居然当上了军训班长，每天配合着教官组织大家练站姿，列队列，走正步。

当一周的军训结束，进行汇报演出的时候，我有幸作为全年级"军训团团长"指挥了全团的汇报演出。

当我喊完标准的口令指挥大家整齐列队后，跑上检阅台，向一排坐在检阅台上的"首长们"立正敬礼："丰城一中新生军训团列队完毕，请指示。"正中端坐的戴着茶色近视镜的一位"首长"站起来，向我还礼后拉着长音命令："汇报演出开始。"于是我向后转，跑步下台至队伍正中，随着我洪亮的口令，军训汇报表演成功进行。

当时不知道，那位检阅台上向我还礼的首长竟然是当时县里最大的官了——县委书记。

当我还在像初中一样积极表现的时候，越来越多的事情让我迷茫了起来。

当初一直以为能考入一中的一定都是全县境内的尖子生，和他们一定能相互学习、相互促进、共同进步。后来才发现，这所谓的一中学生构成居然复杂得很。除了一多半是真正考试择优录取的之外，还有来自大港油田的、南堡"一九四"劳改总队的、唐山市内的、丰城县城的，这些好多都是借读的。于是我才发现在学校里竟然还有帮派，基本都是借读的这些人组织起来的。这些借读的大多是有钱人家的孩子，平时不好好上学，打架斗殴，家长拿他们无可奈何，就托人找关系送到这所学校了。

天呀，这是我要的学习环境？

好在物以类聚，人以群分，在这里还是有几个同样来自农村的同学聚在了一起，对那些帮派我们敬而远之，因为即便我们想掺和也掺和不进去。比如，当我主动申请困难补助时，那些富家子弟不屑的鄙夷的目光在当时我居然无法理解，当我拿到每个月20块钱的困难补助的时候，几个"老大"一定强迫我请他们去饭店吃炒菜喝酒！饭店的炒菜什么样我不知道，酒就更没有概念，我只知道这20块钱足够我一个月的生活费了。但更让我想不到的是我对于这些人的拒绝竟然引发了一场争斗。

晚自习之后，大家紧张地洗漱，熄灯号准时响起。宿舍的灯次第熄灭了。估计是查宿舍的生活老师已经例行巡视一圈之后回去休息了。随着砰的一声，我的宿舍门被踹开了，黑暗中闯进来几个黑影，径直走到我的床铺，其中一个大个子一把把我从床铺上拎了起来。借着透进宿舍窗户的月光，我只看清了拎起我的是高二的一个唐山市里的学生，他们都喊他"熊老大"。熊老大问他带来的几个人，是不是这小子，得到确认后，直接就是两记耳光左右开弓甩给了我。我当时真的懵了。我知道，宿舍里的同学都躲在被子里装睡，没有一个人起来。随着一句让我以后识相点的话，熊老大带着人走了。

这是我第一次挨打。耳朵嗡嗡作响，脸火烧火燎的疼。我没打过架，我不会打架。但我不能就这样被打，因为我不该挨打。

我穿好衣服，径直走向宿舍一角放衣柜的地方，那里有一把折了腿的椅子，木制的。我一脚，就一脚，居然把那把破椅子踹散了架。然后抄起那节折了的椅子腿，要去找那个熊老大！尽管不熟悉，但我知道他住在和我同一栋楼的四楼宿舍里。

果然，我在四楼的靠东边的宿舍找到了他。因为，从那个屋子里传来的几个人窃笑的声音让我得到了确认。

踹门，闯入，挥起椅子腿，狠狠地，向那个拎起我扇我两个耳光的熊老大砸下去，两下。不多不少，两下。然后回宿舍。

宿舍里的人似乎还是都在装睡。我知道，只有我是真睡不着。我不知道下面会发生什么。

第二天早起，起床号响起，大喇叭里依旧传出的是政教处主任每天一成不变的声音："大家抓紧起床，操场集合，准备早操。"

一夜就这样在我的等待中过去了，好像什么也没有发生过。大家习惯性地起床，洗漱，奔向操场。早操的时候我没有看到刘老大，也许是因为不在一个班，离得远的缘故。

早自习结束，食堂。同班的程峰凑了过来。程峰是大港油田转学过来的，也应该是一个纨绔子弟吧，平时我对他敬而远之，没有什么交集。"兄弟，够意思！"这是他和我说的第一句话。

之后我从他嘴里知道，昨夜我打的那个熊老大头破了，去校外的医院缝了五针，对外说是自己起夜不小心磕在了床铺的角铁上，没敢回家，躲在宿舍养伤呢。程峰告诉我以后有什么事情可以找他，说我够意思，替很多人出了气。

出乎意料，当晚，程峰带着熊老大和其他几个人过来找我承认错误道歉，说了些大水冲了龙王庙之类的话，说不打不相识，以后都是兄弟了。这是我无法理解的。过后我才知道，那天夜里我敢自己过去给全校出了名的熊老大两椅子腿，那些人不知道我是什么底细了。火速对我进行了"外调"，结果汇总信息总结，第一，我家在这，属地头蛇。第二，街面上很多"二流子"都听说过我的"大名"，但有什么来头谁都不清楚。所以，他们以为我的水很深，没敢趟，阴错阳差地井水不犯河水了。

我无意中赢得了自己的尊严。

高中的生活还是丰富多彩的。

有之前的对文字的偏好，加上对语文老师的认可，我加入了校园作文内刊的写作小组，当时的校刊名叫《蒲公英》，刊名还是当时县委书记给题写的呢。那个语文老师姓沈，叫沈洪冰，是刚从河北师范大学毕业分配来的老师。对于他的第一节课开场白至今仍记忆犹新："我叫沈洪冰，名字好记，三个字都带水，毕业于河北师范大学中文系，学士学位，教你们，绰绰有余了。"后来的授课证明，沈老师没有自夸。

除了经常在《蒲公英》上投些稿之外，我更多的是参与到了其他课外活动中，教师节文艺汇演时，我组织同学们自己编演的英语情景剧《皇帝的新装》居然获得了一等奖。其中经典台词记忆犹新：But he have nothing though！

可能是对于写作越来越感兴趣，渐渐地疏远了物理、化学等理科的学习。所以，高二文理分班时，我索性去了文科班。

文理分科对于我，不仅仅是学业上的一个改变，更是我人生的一个转折点。我非梦非烟的轻狂年少。

非梦非烟

往事像什么？如云如雾？不，非梦非烟。

我十八岁的时候，你十八岁的时候，一场爱雨把你我两个青春的精灵淋得精湿精透。

| 73

就这样，两个生命相交。命中注定该平行前进。

我的心帘紧闭，现在轰然一声开启。一缕阳光、一丝柔情，静静地温暖起来。

阳光和柔情就是你。

月光下有我和你，花丛中有我和你，你看我做鬼脸，我听你唱歌。天地间刻满了你的名字，时空中留下了你和我的故事。

新分的班更多的还是高一的同班，不过还是插进来了一些别的同学，我没时间去刻意留意他们。因为国庆会演，我组织程峰等人一直在忙着写剧本《新编杨三姐告状》呢。当然，其实就是一个十五分钟的短剧。

不想剧本完成后，排练结束第二天就要演出时遇到了麻烦。饰演杨三姐丫鬟的那个女生突然家里有事请假走了。正当大家急着想办法谁能救场的时候，饰演"杨三姐"的文艺委员陈瑜领来一个个子不高，齐耳短发，戴眼镜，白白净净的小女生。

陈瑜告诉我："不用着急，有人选了，这是咱们班新插班来的同学，叫柳郁，她可以救场。"

陈瑜，班上数一数二的漂亮女生，加上能歌善舞，组织能力也强，不论男生女生都喜欢围着她转。

我仔细地打量了一下这个我所不熟悉的柳郁，不禁眼前一亮。柳郁给我的第一印象是小巧玲珑，清秀至极，饰演那个机灵的丫鬟应该没有一点问题。要是知道班上还有这个人，早就应该直接把角色给她了。

当晚，在礼堂里的最后一次排练，学校里很多其他年级的同学都先睹为快了，排练中演员们精彩的表演不时赢得大家的阵阵掌声。我们悬着的心落地了，这个节目一定出彩。

第二天上午，国庆会演，我们的短剧被安排在了倒数第二个节目。我根本没有时间去看其他节目，为了把这个短剧表演得更精彩，我们在后台的准备依然忙碌。还有两个节目就轮到我们了，团委会的董书记忽然找到我，说前面的节目有好几个都压场了，时间不够用，校领导决定，把我们的节目删掉不演了！旁边的程峰第一个急了："看到董书记过来就知道没好事，什么校领导决定的，就是你董书记对我们有意见，故意折腾高二（一）班。"

不知是谁找来了班主任侯老师，侯老师五十多了，就知道本本分分教学，性子慢的急死个人。我们几个都急得火上房了，他居然还在笑，他的笑的面孔是他的名片，就没见到过他不笑。侯老师呵呵笑着劝我们："特殊情况，演出流产就流产吧，正好干点正事儿。"

天哪，弄了半天我们这还不是正事了！这是我们文科班的荣誉，这是我们高二（一）班的荣誉呀。我接受不了，大家接受不了。但结果还是我们的节目灰溜溜地被毙掉了，董书记告诉我们，实在不行国庆放假回来，让我们和其他没被选上的节目一起在晚自习的时候演一次。这不更是在侮辱人吗，我们文科班就享受这种待遇？抗争实在是没有意义，柳郁悄悄地在身后轻轻推推我，告诉我别着急上火了。

中午全校师生会餐。

其实所谓的会餐就是吃结余，学校的食堂是非营利性的，逢年过节多几样炒菜，学生们每人一张餐券，免费吃。大家一般都是自由结组提前沟通好，几个人每人要一种菜，凑在一起也是一桌丰盛的节日大餐。我不想吃，也吃不下，独自回了宿舍。

结果，程峰等《新编杨三姐告状》的"演职人员"把打好的饭菜端回了宿舍，程峰居然还拎回了一兜小高沟白酒，那一定是从校外买回来的。小高沟白酒，玻璃瓶装，二两一瓶，在当时很有市场，是农村很畅销的一种白酒。

程峰在我面前摆了四瓶，在他自己面前摆了四瓶。

"兄弟，啥也别说，咱哥俩分了，喝点酒，开开心。"程峰的举动把我吓住了。

我知道这个家伙平时总是偷着抽烟喝酒，当然更多时候都是偷他那个在大港油田当队长的老爸的，但万万没想到这小子能喝这么多酒，我可是这辈子也没喝过酒的呀。

"兄弟，喝吧，我们也在特殊的日子里祝福祖国万岁！"程峰如此提议。

别看他平日里不务正业，学习成绩平平，但他往往能穿梭于学生中的各种势力，对我真的是挺照顾的。

喝就喝，不就是白酒吗，反正是人喝的。不过，这白酒喝到嘴里，还真没有什么别的感觉，就是胸口热乎乎的，索性，一边骂着那个不是东西的团委董书记，一边吃着难得的免费的丰富的炒菜。当我还想找白酒的时候，才发现那四瓶小高沟已经见底了。

程峰夸我海量的话已经进不了我的耳朵了，但柳郁的眼神倒是让我在晕头转向中有了一种莫名的感觉。那眼神中既有埋怨，又有担心，让我说不出的从未有过的异样。我这样和你柳郁有什么关系呀。但心底又很兴奋，期待一个人能有一份对我的关心，尽管这么多年我习惯了没人关心的生活。

我一定是喝多了，这就是传说中的醉酒吗？我不知道。

乱哄哄中，同学们都收拾好自己的东西，陆续回家了，因为聚餐后，下午就放国庆假了。

不知道是自己歪歪倒倒睡在了床铺上，还是被程峰他们几个架到了床铺上，反正我是睡下了。头疼得厉害，心里也难受，折腾了很久，好像没人搭理我，迷迷糊糊的不知什么时候就睡着了。

应该是口渴得厉害，想喝水。尽管头还是昏昏沉沉的，我醒了。宿舍里静静的，整个宿舍楼静静的。刚想用力支撑起自己沉重的身体，去找暖水壶，忽然发现在自己的床边不知是谁放了一把椅子，椅子上是我的水杯。没有多想，顺手就拿起杯子咕咚咕咚喝起了水。

那水是温的，喝起来温度正好。喝了点水，我感觉自己好受了许多，便坐了起来。在原来放杯子的椅子上，居然还有一张纸条。

> 知道你心情不好，但没有必要。不知道你什么时候能睡醒，多喝点水，但愿这水不会凉了。以后无论遇到什么事情，都不要再这样，要学会照顾自己。

纸条上没有落款。但我知道那一定是柳郁写的。没想到，柳郁写得一手娟秀的字。她的字真漂亮。我的心里忽然好温暖。

"二哥，回家我就告诉爸妈，你在学校不学好！"春儿的一嗓子吓了我一跳。

不知道什么时候春儿居然就斜躺在我旁边的床铺上。也许是酒后睡了一觉，也许是喝了一杯温水，也许是春儿一声呵斥，除了还有点头疼，我的酒是醒了。

"我咋地不学好了？你赶紧起来，哪有你这样随便就躺在男生宿舍床上的？一点也不注意影响！"我反驳着春儿。

"二哥我告诉你啊，你还狡辩，谁让你喝酒了？醉的跟死狗似的，这是学好？再者了，你们班这个柳郁不是啥好东西，你给我离她远点！"说到柳郁，春儿提高了嗓门。

"人家碍你啥事了？凭什么说人家不好？你别瞎想啊！"我回道。

"看看看，不打自招了吧，我有啥瞎想的？我是在警告你好好学习，你可别当耳旁风！"春儿一脸的严肃，老大的不乐意。

"好好好，放心吧，你二哥知道，快回家吧。"我应付着春儿。

"反正你要是学坏，我随时告诉爸妈。"春儿把话一撂，利索地把我的几件脏衣服卷了起来，放进背包里，使劲往背后一甩："走，驮着我回家！"

秋在红色梦里
脸蛋睡得红扑扑的
似醉非醉
似醒非醒
你是一位待嫁新娘吗
揭去你的红菱披头
看你的笑
看你的俊俏模样

撩开一道道的果实的帷幕
我用影子走路
步履轻盈如蝶
鞋子灌满沙土
枝杈拽住衣裳
怕惊动你呀又惊动
你的轻巧玲珑

在暖色的光晕里

以心灵触动心灵

我们离得很近

但陌生，又凝神

仿佛漫步在葡萄园

千架枝藤

钻在树下一碰

飘一挂红瀑布

卷一场红色风

像是落英不是落英

砸的额头丝丝痛

　　短暂的假期结束，我习惯于吃完午饭就早早地返校，按要求在晚自习进教室就可以，只是我从高一就养成了这个习惯，我不愿意春儿这个跟屁虫总和我同来同往，所以总是找些借口自己先从家里出来。何况今天还有很重要的事情，团员证要下发到每个团员手中，有一部分我还没给盖好章呢。那是团中央首次下发团员证，墨绿色的封面，上端中间是醒目的团徽，下面三个烫金的大字"团员证"。

　　团委会除了那个董书记在，没有其他人，所以剩下的那几份团员证签章没费什么时间。

　　手里掐着一摞团员证回教室，半路在校园中心喷泉旁被吴小莉叫住了。

吴小莉是高一就和我同班的女生，长得黑黑的，家也是农村的，朴实得不得了，常年除了校服就没见她穿过其他别的衣服。吴小莉学习也很勤奋，平时和我很少有来往，可能是一直前后桌的原因吧，在同班的女生中我们算是"最熟悉"的了。

"嗨，找你有点事儿。"吴小莉倒是开门见山，不过那时候尽管是高中阶段了，男女生的接触交往还是不多的，不像现在那么开放。

"有事吗?"我问她。

吴小莉索性伸出攥着一个信封的右手："给，有人给你的信，自己看吧!"

我接过信封，那是学校统一印制的牛皮纸信封，右下角就印着学校的名字，我们写信都去学校小卖部买这种信封。我翻看信封封面的时候，吴小莉已经小跑着回女生宿舍楼的方向了。信封没有封口，我把厚厚的一摞团员证随手放在身边草坪边的三人木椅上，抖出里边的信纸，打开，几行俊秀的似曾相识的字迹映入眼帘：

　　俊杰你好，很高兴休学回来能和你成为同学。你的热情感染着每一位同学，希望你能永远保持。我在青年湖边，方便的话想和你聊一聊。

　　　　　　　　　　　　　　　　　　　　　　柳郁

不知道柳郁找我有什么事，要和我聊什么。出于对柳郁的好奇，当然也有一定程度是对她的莫名的好感，我要去见一见柳郁。

我特意把柳郁的团员证找出来装进衣兜，回教室把其他的交给了也来得不晚的宣传委员，然后，拎着每天晚上吃完晚饭都要学着吹一会儿的横笛向青年湖走去。

青年湖在学校操场的西南角，从教室出来径直往南，穿过几排宿舍楼就能看到了。

那青年湖说是湖，其实就是一个人工开挖的足球场大小的池塘。环绕着湖边的是几排粗壮的垂柳，每一棵树上的柳枝都几乎垂到了地面，连接起来便形成了一道道天然的柳帘。这个季节的垂柳叶子颜色正浓，叶片正茂密，虽说已经有落叶的现象了，正好给地面的小草絮了一层薄薄的外衣，踩在上面软软的感觉。很多时候程峰我们几个就坐在湖边用砖砌起来抹了一层水泥的半米左右高的围挡上练习吹笛子。我的横笛是程峰教的。

远远地就能看见柳郁穿着一件淡蓝色印着小花图案的长裙的身影隐约在湖边垂下来的柳帘之间。

校园里偶尔有一个或几个学生匆匆忙忙地走过，远处的操场上不知是哪个年级的同学在踢足球。

我径直向柳郁走了过去。不知道说什么，我们彼此却很自然地相视一笑。局促中我掏出她的团员证递给她。柳郁接了过去。

　　柳郁告诉我她知道每次我返校都很早，于是今天她也早早地就赶回来了，然后跟我讲她身体不好，去年休了学，在家调理了一年，现在身体基本没问题了，来到这个班集体特别高兴。我俩并肩徘徊于湖边的漾在初秋风中的柳帘之间，她边说边自然地不能再自然地拂去飘落在我身上的细长细长的柳树的叶子。漫步间，我知道了她家在县城，父亲是县城一个初中的老师，当年作为下乡知青的母亲在县城的猪鬃厂上班，家里有一个读初中的妹妹，还有一个上小学的弟弟。她的理想是一定要读大学。她希望我们还能成为大学同学，尽管她的成绩不太理想，但她会努力追赶我。

　　我不知道和她说什么，只是一直在"嗯"，因为不知道是紧张还是什么原因，平时还算善谈的我居然"哑"住了，甚至连大脑都不知道放哪了，只知道身边的淡蓝色印着小花图案的连衣裙在我眼睛的余光里摇曳。

　　"你看过肖复兴的《早恋》吗?"柳郁忽然问了我这个问题。

　　我回答说："没有看过。"

　　其实那个阶段校园里流行的更多的是武打小说和言情小说，男生抱着武打小说，诸如《天龙八部》《倚天屠龙记》等，女生则是什么《情深深雨蒙蒙》之类的，都是跑到校外的书摊上去租，每天好像是几分钱。具体我不太清楚，因为我不喜欢那些。我更愿意扎在学校的图书馆里面看些纯文学的东西。

柳郁告诉我有时间可以看看，因为这本小说讲述的正好是我们这一代高中学生的生活，还说她对于早恋是持基本否定的态度的，现在还是要把全部精力放在学习上，毕竟我们还都年轻。

她居然如此坦率自然地和我谈起早恋的问题，让我瞬间莫名地烧红了脸。尽管我一直没有这样的概念，但从高一后半年每天晚上熄灯后，偶尔就能听到宿舍中有人分享和哪个女生好上了，如何躲在哪个角落怎么好。这些无聊的话题一直离我很遥远，不是我所关心的。

我不知道如何回答，只是低着头，脸憋得通红，不住地点头罢了。以至于看到我窘迫的样子，引得柳郁不住地乐，乐得双肩都在抖动。她笑得真甜。

"你愿意帮助我吗？"柳郁问我。

"愿意愿意！"我不假思索地回答。

"那好，"柳郁说，"谁让你学习好呢，以后我有什么问题可就直接请教你了啊。"

我用力点点头："好！"

这一个"好"字，这一个点头，是我对于一个所不熟悉，似乎又很熟悉的异性同学做出的承诺，这个承诺在之后的岁月里便在很大程度上影响了我的人生轨迹。

清平乐　迎春

细雨斜织

无意迎君迟

早有风情来几日

一剪春花正当时

珊珊携来笑态

潮涌激荡心海

双燕相会恰相识

鸣啭扑入襟怀

柳郁的确身体不好，抵抗力差，以至于班主任侯老师对她有一句再经典不过的评语："狗蹦子踢着就是个跟头。"但柳郁挑战自己的勇气是从骨子里透出来的，这也是让我佩服的同时又心疼的。

为了尽快融入这个集体，同时提高自己兴趣爱好的广泛性，锻炼自己的体质，柳郁报名参加了文科班组织的史地小组。最让我吃惊的是柳郁居然在秋季运动会上还报名参加了男女混合 4×400 接力比赛。报名的时候我不同意，但拗不过她，我又担心在比赛中她坚持不下来，自己身体吃不消不说，还会影响团队的成绩呀。无可奈何，做了半天一个已经报了名的同学的工作，我参赛，到时候或许还能临时处理一下突发情况。

比赛时，柳郁在第二棒，好在第一棒的同学一直遥遥领先，把其他人甩下了一大截，这样接过接力棒，前半程还好，后半程的速度明显慢了下来，后面的同学一个一个地追上来，超过了。我急了，直接逆着跑道就迎了过去。我能感觉到柳郁实在坚持不住了，我用冲刺的速度迎了她几十米，抢过她手里的接力棒，拼命地追赶着前面的同学。场外看到这一幕的同学们一阵阵起哄的声音也是在给我加油，还好从初中我就一直坚持中长跑锻炼，有些基础，不但坚持了下来，还把差距赶回了一些，当最后一棒的同学从我手中接过接力棒的时候，气喘吁吁的我环视了一下周围，没有看到柳郁，不知道柳郁在参加完高强度的比赛后怎么样了……

吃完晚饭去洗饭盆。洗饭盆的池子足有十几米长，一尺多宽，上面架起一根铁管，每隔半尺就钻了一个向下的孔，一端接在自来水管子上，拧开阀门，这十几米的铁管便瞬间向下喷出一排水柱供大家站在池子两边洗碗。柳郁凑了过来，站在我对面，一边洗饭盆，一边不好意思地说谢谢我，幸亏及时救了场，不然一定在同学们面前丢人了。

我真的有些生气和埋怨，但又不好向她发作，只说了两个字："你呀！"

柳郁一边不住地咳嗽，一边向我摆手，白皙的脸颊上泛着一圈红晕。

不知道什么时候春儿端着洗好的饭盆站在我身后，轻轻咳了一声："哥，有情况了吧，老实交代！"

我白了她一眼："春儿，你哥我能有什么情况啊，你就满脑子这些不着边的东西吧！"

春儿不屑地哼了一声："你看，我可没说什么啊，是你自己不打自招了吧，回家我就告诉爸妈，你在学校不务正业！"说完满脸的不高兴，扭头朝着教学楼的方向就走了。

我"哎"了一声想叫住她，又不知道怎么和她解释，只能无可奈何地摇了摇头……

晚自习，吴小莉偷偷告诉我柳郁感冒了，她给买的药，刚吃完在宿舍休息呢。我坐在座位上，愣愣地看着吴小莉，不知所措。整个晚自习我的心都没有在教室，想去宿舍看看柳郁，又不知道合适不合适，就这样一直从两节课的晚自习上的纠结，到熄灯后一夜的担心。还好，第二天早上，柳郁的身影出现在了教室里。对于我，当时的心情一定比那天早上第一眼看到升起的朝阳时要愉悦得多。

文科班的课外生活是丰富多彩的，除了紧张的学习之外，我们经常组织各项活动。去开平考察地质构造，参观当年修建的备战备荒的军事工程，到天津蓟县的盘山领略"早知有盘山，何必下江南"的历史人文景观。印象最深的是第一次史地小组组织的大家一起骑自行车去离学校二十余里之外的宋家营参观白果树，也叫银杏树。

初冬，午后的阳光甚好，但依旧微凉。我们史地小组一行十一人来到了宋家营，柳郁当然也在我们的队伍中。

宋家营，虽然历经了一场大地震很难再看到曾经的历史古迹，却依然蕴藏着深厚的文化气息，承载着一段段关联历史的故事。

很多丰城人都能说出这样一句顺口溜："响头狮子、龙爪槐、银杏树、望海台。"这是宋家营曾经的"四宝",只是历经岁月的流转,如今只剩下了雌、雄两株巨大的银杏树,为历史留下了一份例证。

两株古老的银杏树曾为人们留下了无数的传奇故事。

唐太宗东征时曾在树下练过兵,也曾有巨蛇栖息过,还有许多当地人把它视为"神树"来此祈福,保佑一方平安……多少年来,关于这两株银杏树的故事在当地后人中口口相传,也总吸引更多的人带着好奇去一睹风采。

通过了解史料及听当地人的讲述,我们揭开了古银杏树身上那层神秘的面纱。

站在宋家营两株古老的银杏树旁,四五个人才能将一株银杏树抱住。虽然已是叶落时节,遍地青青黄黄的落叶,但银杏树上的树叶仍旧十分茂密。据村民说,只有雌株树叶基本落光时,雄株才开始落叶。而在春天发芽时,雄株先发芽,之后雌株才发芽。

这两株银杏树相距大约四米,生长在一户民宅的门外,高高的护栏将民宅的门墙和古树一起围了起来。古树上贴着一块小铁牌,上面写着"一级银杏古树"。

现场,只听到树上的喜鹊在叽叽喳喳地叫着,但只听其声,却见不到喜鹊的踪影。据有关资料推断,这两株古老的银杏树至今已有 1500 年的历史了。千百年来,世事变幻,雷轰电击,但仍不减其风采。银杏树的树冠蔽日,枝繁叶茂,站在树下仰视,根本看不见一丝天空的颜色,隔着树,也无法看到对面的人。

"两株银杏树的树根深扎地下，且已经延伸出了百余米，甚至在村外修路挖土时，还能看到银杏树的根系。"参观时当地村民告诉我们，古银杏树盘根错节，十分壮观。

古银杏树虽历经千余年的世事变幻，却依然生机勃勃，年年枝繁叶茂、果实丰盈，见证了这片古老大地的风风雨雨，留下了无数的美丽传说。

宋家营开始有人聚集生活，应该从北魏年间开始说起。那时，古越支盐场就位于丰城境内。据史料记载，孝昌二年（526年），为解决国家财源耗竭、赋税不足，当时的官府便在宋家营一带建立了盐场，以海水煮盐为生。当时宋家营叫什么也无从追溯，而这两株银杏树是何时所种也不知晓，只是按时间推论，应该是栽种于这个时期。

而关于这两株银杏树的传说，真正有记载的还得从唐代开始。相传，唐代初期突厥颉利可汗侵犯大唐国境，攻城破邑，掠夺财物，掳掠人口，边塞战争连年不绝，土地荒芜，民不聊生。公元626年，唐太宗即位后，率十余万人御驾东征，讨伐突厥，平息战事。路过宋家营时，在这两棵树下练兵，调养生息。

"当时军队驻扎在这里，离此往南15公里还设下一营，名曰'造甲坨'，专门打造兵器、铠甲。两营之间，15公里的大道上，每天都有运送铠甲、兵器的官兵，车拉担挑，络绎不绝。大家把这些兵器送到现在的宋家营，不过当时叫'送甲营'。只是后来这里居住的姓宋的人越来越多，便被改成了'宋家营'，那时的'造甲坨'如今已更名为'造坨'了。"一位老村民告诉我们。

唐太宗在宋家营驻扎期间，常引十几位小将和数百名士兵，在这两株古银杏树下习武、射箭。

当年，在银杏树西侧约 70 米处，有一口奇特的水井——廠儿井。此井口一丈见方，相当于一般土井的 4 倍，深不可测。井水甘甜清冽，沁人心脾。水面离井口不足一尺，过往行人伸手可掬，全然不用汲水工具。井旁有一个巨大的饮马槽，在饮马槽旁的大青石板上有 3 个马蹄印，和真马蹄大小相等、深浅一致。相传是当年二郎神追哪吒在此饮马时所留下的。

"唐太宗的几万官兵、马匹全靠这一口井饮水，每天汲水数万担，但这井水却从未干涸。"村民说，当时官兵们都称它为"神井"。关于这段故事，光绪十五年当地县志上这样写道："廠儿井在宋家营街中西北隅，水甘美不竭，莫计年代。相传，唐太宗东征，军马驰驱，重赖此井。"

公元 630 年，唐军大破突厥军，捕获颉利可汗，战事得以平息。后来，每当游人蜂至，村里的老人便在挺拔的大树下给游人们讲述这样一个故事：当年突厥侵犯到这里时，见这是两株宝树，想把它们弄走。几百名士兵轮流挖掘，但白天挖了，夜间又有人给填死。这样昼挖夜填弄了几天也没把这两株树挖倒，突厥兵气急败坏，恼羞成怒，捉来几个填土的人，绑在树上，在树下堆起干柴，想把树和人一起烧死。当时这两株树被烧得枝秃杈断，可是第二年春风一吹，又复苏了，郁郁葱葱，枝叶茂盛，仍很壮观。

"响头狮子、龙爪槐、银杏树、望海台。"这个在百姓口中传诵的顺口溜中的古迹，如今只剩下了古银杏树，但那些被历史淹没的遗迹却仍然鲜活地存在人们的记忆中。

活动中，村民告诉我们，"现在的石狮子整个身体都是实心的，可那头白色的响头狮子的头部是空的，人一拍它的头部就会发出空响。龙爪槐，这槐树树干长成龙爪形状，也比较珍贵。而望海台则是由唐太宗的大将尉迟敬德监造，后经历代重修，使得这座大殿规模空前、享誉京东。全庙共有四殿、四庙，加之库房、宿舍等房屋，共计99间。据传说，在望海寺山门大殿后墙外甬道右侧，有一个八楞碌碡（也叫石磙），由粗石（红色水成岩）凿成。只要有人登上它，向南眺望，就能看见咆哮汹涌的大海，'望海寺'之名便由此而来。每年望海寺举办庙会时总是人山人海。1951年，此寺被拆除。"

而唯一遗留下来的只有这两株银杏树，据光绪十七年县志记载：这两株银杏树"高九丈，笼阴十亩"。而如今居住在这两株银杏树对面的一位老人也说，地震前银杏树在她家院里，儿女们经常在树下玩耍。当时雌株银杏树的一根大树杈都伸到了她现在这个家的邻居院里了。后来，她的公公过世，就将这个大树杈砍下来做了棺材，剩下的木材又做了一个门框，且材质特别好。

后来唐山发生了地震，震后新规划了道路，这两株古银杏树就被规划到了路边。而千百年来从未干涸的废儿井，也毁于1976年的大地震。如今，此井遗址在村里的一户居民家中，已经被村民填上废弃了。

那位老人还说，当年村里每次开会都在这两株大树下，特别凉快。而且，那时无论是白天还是晚上，都会有人来古树下乘凉。时至今日，每逢夏日，大家还都去这两株大树下乘凉。

活动中，我们还了解到，那时雄株的下面有一个大洞，村里很多年幼的孩子都钻进去玩过。

现在，这两株古银杏树所在的是一家姓董的人家，董姓老人告诉我们说："我年轻时，听邻居家的大奶说，她看到过雌株银杏树上住过一条巨蛇。那时候她家养的鸡下了蛋后总是无故失踪。后来有一次鸡下蛋后，她就趴在门上的那扇小窗户往外看，发现一条巨蛇尾巴钩着树干，头部直奔鸡窝里吃鸡蛋。那条巨蛇长 3 米左右。"

我们的活动吸引了许多村民围观。好客的村民中有人接着补充说："因为这两株银杏树历经千年，饱经沧桑，很多人都把它视为'神树'。树上经常挂着红色的布条，有的人是为了祈福，有的人觉得孩子不好养活就来认干妈，这些都是民间的习俗。"邻近的几家人经常在树下看到各种上供用的水果等食物。

在当地人的心中，这不仅仅是两株古银杏树，更像亲人一样见证着他们一代代的繁衍生息、悲欢离合，更凝聚着当地人的情感。而对于我们一行，更多的是站在这两棵树下，穿越时空，感受着厚重的历史，品味着浓郁的人文。

离开前，领队的老师让大家集中站在树下，拍了一张合影。那是我第一次和柳郁在一起照相，尽管我俩没有站在一起，她在第一排最右侧的第二个位置，我在后排右边的左一。后来活动小组的人每人发了一张，这张照片直到今天我还收藏着。照片中的柳郁穿着校服，戴着金属框的眼睛，依旧是齐耳的短发，清秀、羞涩，虽然个子小，显得过于单薄，但她的气质是所有人中最突出的，让人一眼就能看到她的与众不同。这种与众不同是很难用文字描述的，就像她眼镜镜片后面那双清澈的眼睛一样，总是让人也眼前一亮。

蝶恋花

碧草丹心春几许

回首怅然

风雨无重数

清莹静水索意处

寒暑依旧关山路

莫道无计春留住

但求相知

无怨为今古

谁人卷帘凭栏上

飞雪迎春谈笑间

12 月 26 日是柳郁的生日，我特意给她买了一份礼物。那是用塑料盒子包装着的绒布做成的七个小矮人，我知道柳郁一直喜欢七个小矮人的故事。真心希望柳郁就是那位美丽善良犹如天使般的白雪公主，让她的生命中永远都有善良的七个小矮人陪伴她、照顾她。尽管我不知道自己是那七个小矮人，还是能成为那个幸福的王子。只知道当柳郁打开盒子，看到七个小矮人的卡通形象时爱不释手的样子，就像见到了久违的老朋友。

当时的我比柳郁还高兴。

更高兴的是一个学期以来，柳郁的成绩一直在稳步提升着。

尽管柳郁学习基础差些，但反应还是很快的，加上她的努力，各科成绩的提升是很自然的。我尽可能地利用课余时间帮她大量补习。为了能提高补习效率，很多时候我都是在正常上课时放下自己的学习，有针对性地对柳郁的薄弱点进行分析，然后再给她做出易于接受理解的补习方案。虽然我的成绩一点点在下降，但我感觉值得，因为我答应过柳郁要帮她，这是承诺。以至于吴小莉几次提醒我，告诉我不能为了帮柳郁而耽误了自己，这样很危险。我只是笑着告诉她："没事的，我来得及。"

不知道程峰的那个在大港油田当队长的父亲和校长是什么关系，寒假过后，学校居然特批了程峰可以不再住集体宿舍，而是悄悄地搬进了学校花房里一个里外两间的套间。花房占地有三亩左右，里面有专人长期养植各种各样的花卉，养花的人是个老大爷，在我的印象里老态龙钟的样子，但很少和学生们接触，长期就住在花房里。那花房一般是不允许学生随便进入的。

从教学楼出来，绕过女生宿舍往东走不远的实验楼旁边就是花房。一条红砖铺成的甬路的尽头就是花房的月亮门，一道对开的铁门一般都是虚掩着的。推门进入花房，左右是两排花窖，程峰住的是西面花窖旁的小屋。小屋不大，外间是一个办公桌和两把椅子，里间则是一个单人床，之前应该是给养花人住的。程峰收拾得已经差不多了，这小环境真不错，安静、清新。

"有个好爹就是不一样，比不了啊。"我调侃着程峰。

没想到，他居然笑着对我说："有个好师兄也一样的，正好我自己住冷清，你也搬过来吧，住外间。"

这对于我无疑是很兴奋的，不用多想就把行李也搬了过来。这小屋成了我对于高中生活的全部记忆。

渔家傲　春

一夜香雪染青园

笔墨情愫陋室间

亦喜亦忧荡心田

轻拾捡

多少梦里多少年

笛管悠悠飘情怨

春来燕回冰消坚

杨柳曼舞东风前

艳阳天

小叩柴扉尽自然

其实搬进花房最大的好处，就是方便给柳郁补习功课了。自习课的大部分时间都是我和柳郁在小屋里度过的。那里清净，没有人打扰。每当自习课的时候，我都会早早地在小屋里等她，等她手执一条折下来的发着嫩芽的柳枝轻轻叩打屋门。我可以给她罗列出几个典型的试题帮她分析解答的公式，也可以告诉她特定的英语语法如何准确地应用在语句之中，或者一起相互检查背诵历史地理的重点内容。印象中有一次还居然被她给考住了，柳郁问我太子港是哪个国家的，当时我没答上来。但后来的答案便印在了我的脑海里。以至于后来看到海地维和部队的相关报道，我就会想起当时小屋的情景来。

转眼，我们步入了高三的更加紧张的生活。虽然置身于大量的题海之中，我还是抽时间参加了《唐山文艺》（原冀东文学）举办的一场"金色的秋天"大型笔会，那次笔会是唐山全市范围内规格最高的一次高中生笔会活动。

那次笔会，我以《检查》为题写了一篇作品。内容是学校为了迎接省市两级主管部门的卫生检查，居然连续多日取消早操、早自习，甚至副科的上课时间，命令同学们彻彻底底开展了一次全校范围的卫生大扫除。文中的"我"因为反感，没有去做卫生而是在宿舍睡懒觉被政教处的李书记逮个正着，带回政教处写检查，亲眼看到了那个李书记在办公室接到领导打来的电话，说检查组马上就到，一定不能给县里丢脸之后的惶恐，居然又安排教导处的主任，再找几个班的学生再次突击做卫生。后来又看到了李书记接到电话说检查活动取消了之后的失落。以至于最后我问李书记我的检查还要不要交。文章内容就是反映当时校内置教学于不顾的某种形式主义，为应付检查而检查的现象。

这篇文章被《唐山文艺》"金色的秋天"组委会评为了一等奖。当时的《唐山文艺》主编金占庭亲自到学校给我颁发了奖状。该篇作品不但让我在全校师生全体参加的颁奖大会上进行了诵读，当时很多学校的高中班都作为范文进行了学习。

本来是好事。不想，表彰当天的晚自习上，政教处的李书记难得走进了我们教室。直接把我"请"进了我从没有进去过的党支部办公室。原来我犯了一个原则错误，文章中居然用的真名真姓！李书记首先赞美了我的文笔不错，构思也很巧妙，但是，一定要知道文艺作品为谁服务，尤其是学潮动乱之后，更应该清楚文艺作品所坚持的政治导向，我的作品如果把李书记改成王书记，效果应该会更好，否则一定会被很多人以为丰城一中在管理上真的存在这样的问题。

我无语。

这还是我生平第一次在这么严肃的场合接受如此严肃的教

育，让我印象深刻，受益匪浅。

高三的生活不单是学生们的生活紧张，其实某种意义上讲，老师们可能比我们还要紧张。以至于各科老师纷纷把自习课作为他们必争的宝贵时间来利用。

一次历史老师正在利用自习课给大家串讲近代史的重大历史事件，正说到"美帝国主义也插足进来"，话音未落，语文老师推开教室的门，一脚门里，一脚门外。尴尬间全班同学哄堂大笑。

好在语文老师反应敏捷，笑着反问历史老师："是偶然的巧合呢还是别有用心？"

历史老师涨红了脸，连连点头："巧合，巧合！"

再次引来大家的捧腹大笑。

最精彩的是教作文的胡老师，个子不高，胖胖的，五十多岁，标志性的特征是鼻子尖上长了一颗瘊子，就像米老鼠。教学水平还是不错的，一直在全县都是学科带头人。就是那么大年纪了有点好色，平时总爱黏着长得漂亮点的女生，加上早就有他和某某女老师有点说不清的关系的传言，所以大家都对他有点不尊重。那天胡老师给大家讲看图写议论文的技巧。课上带来的是一张漫画，画面上是一条长长的裤带，一只锥子正在裤带最外一端扎眼儿，下面是漫画的命题——又要下乡了。其实图面的意思很明确，就是讽刺当时某些干部借下乡的机会大吃大喝的不良现象。结果，胡老师让程峰给大家解释一下命题。

程峰懒散地站起身："这不就是胡老师的肚子越来越大，裤带不够长了吗？"

同学们哄堂大笑。

胡老师可气坏了，气得鼻子尖上的痦子都在哆嗦。用他特有的乐亭口音呵斥着我们："起啥哄？你们知道我和你们晏老师什么关系不？我和你们晏老师一块儿爬过山，一块儿睡过觉。"

此言一出，全班同学的笑声瞬间喷了出来，充满整个教室，甚至那笑声一定冲向楼道，在整个教学楼里弥漫开来……

胡老师之所以拿出晏老师说事，源于我们高三的班主任佟湘玉老师身体不好，心脏病。那些日子在家休养，学校就临时安排晏老师代理我们的班主任。晏老师是个女老师，也是五十岁左右，体型保持得相当好，加上平时在衣着打扮上一点也不逊于其他年轻的女老师，给我印象很深的是每每嘴唇涂得红红的，半老徐娘的样子。所以，当胡老师说出那些话的时候，同学们的笑声真的是发自肺腑的。

佟湘玉老师是个非常敬业的老师，同样五十多岁的年纪，早已是满头白发，一直瘦得皮包着骨头，兜里长期放着速效救心丸。离高考的日子越来越近了，她放心不下高三（六）班，在家休息时间不长就返回了课堂。

那天在课堂上，佟老师讲着讲着就一头栽在了讲台上。当时把大家都吓蒙了。坐在第一桌的我离讲台最近，在招呼同学们快去通知教务处的同时，轻轻地扶他坐起来，又从他衣兜里找出速效救心丸给他含在嘴里。当确认佟老师没有昏迷，神志很清醒时，我背起他从三楼一直跑下去，连自己都不知道当时哪来的那么大的力气。还好校车已经开到了教学楼门口，我们目送着佟老师由校医陪着坐车去了医院。

周六，我组织了班委会和团支部的人做代表，去县医院探望佟老师，其他同学都在教室上自习。县城离学校二十多里的路程，我们几个是骑自行车去的，乡间的柏油马路，两旁是挺拔的杨树。不成想，柳郁骑着自行车追赶了上来。她告诉我也想去看看佟老师，顺便想约我去她家里坐坐，她的父母今天都在家，已经准备好了。天呀，这哪是顺便？我说能不能不去，毕竟还有其他几个同学呢。

柳郁很干脆地回答我："不能，一定要去。"

探视了佟老师，其他几个同学知趣的坏笑着骑上自行车走了。我就像一个小学生被老师领着一样，跟着柳郁去了她家。她家离当时的电视台不远，到了电视发射塔下，柳郁告诉我，前边不远处便是她的家了。那是一个很大的集体院子，柳郁告诉我，这里之前是县城猪鬃厂的库房和办公室，后来改成了职工家属院，里面挤了几十家住户，都是柳郁父母的同事。

因为之前柳郁一定是早就把我介绍给了她的父母，所以进门后两位家长恰到好处的热情让我没有一丝的拘束感。到她家时已经是中午了，所以，和她父母的沟通更多是在饭桌上进行的。柳郁妈特意蒸的白菜肉馅的大菜饺子，还炜了一盆皮皮虾。

那是我印象里第一次吃皮皮虾。

期间她的父母说得最多的还是鼓励我俩专心学习，做好最后的冲刺。她的父亲还和我讲述了他们这一辈的艰辛。说自己也来自农村，年轻的时候没有考上学，是自己从当一名代课老师开始，最后有机会才转成了正式老师；柳郁妈是下乡青年，现在还好能在商业局下属的猪鬃厂工作。他们老两口把所有希望都寄托到了孩子们身上，希望都能够考上大学，将来有一份稳定的正式工作。我点头表示理解，因为我早就给自己定下了这样的目标，我要上大学，我知道学习是我改变命运的唯一途径。

回来的乡路上，两边笔直的杨树迎风挺立，我和柳郁并肩骑着自行车，很少说话，我心里沉沉的，突然有了一种无形的压力，或者是一种隐隐的担忧。具体因为什么我说不清，也没有和柳郁讲。只知道柳郁很高兴，告诉我她母亲挺喜欢我的，说我一看就是个老实孩子，还说谢谢我一直对柳郁的帮助。我对柳郁妈也留下了深刻的印象，似乎早就熟悉似的，有一种莫名的亲近感，但他父亲给我一种说不出的压抑感，不过我没和柳郁说。

对于我而言，柳郁高兴就好。

我不知道

洋槐花香了一个时节

我的泪湿透了青春岁月

101

一如既往

我不知道

周年将至的揽星湖

荡漾着的期待

记忆犹新

我不知道

笔绘的方寸和耳悦的翩然

酸甜苦辣风雨之间

究竟安然

我不知道

能否告诉春时的播种

别让心的秋场

等待时节

我不知道

（我自己把青年湖改成了揽星湖）

　　几次的模拟考试下来，除了替柳郁成绩的稳定提升高兴，我居然忘了关心自己的成绩。怎么就忽视了自己的成绩呢？不知道吴小莉为什么竟对我如此的关心，居然气冲冲地跑到了小屋，向我喊了起来："你能不能不那么傻呀，你几次的模拟考试成绩越来越下滑，你在干什么呀？我告诉你，你再这样下去将来后悔的是你自己，你和柳郁不会有任何结果的。"

吴小莉还告诉我，不要一根筋，只有自己考上大学才会被人家瞧得起，否则做什么都是徒劳。

我不知道吴小莉哪来的那么大的气，也没弄懂她说的都是什么意思。

我傻什么？我后悔什么？我和柳郁没有要什么结果呀，能要什么结果？我考不上大学谁瞧不起我？

我一脸的茫然，吴小莉好像又气又恨，掀起我桌子上给柳郁准备好的练习题扔了出去，厚厚的一摞练习题的纸飘落了一地。

那天我哪也没去，自己躲在小屋里什么也没做，只是呆呆地看着自己这几次模拟考试的试卷发呆。这是我两年来第一次仔细看自己的成绩。真不敢相信这是我的成绩。我的成绩怎么成了这样呢？

程峰回来了，他没有安慰我什么，只是告诉我，不管我承不承认，我把太多的精力放在了柳郁身上，不耽误学习才怪呢。还说他不比我，本来成绩就不好，和陈瑜好了一年了，也没影响什么。我晕，程峰和陈瑜好了这么长时间了我居然都没注意。

程峰随手递给我一支香烟，猕猴桃牌子的，带过滤嘴，之前他抽的时候我从没正眼看过，看他喷云吐雾的总有一种讨厌的感觉。我接过香烟，我也要抽吗？我也抽烟的话别人是不是也会讨厌我呢？讨厌就讨厌吧，现在我的学习成绩和这些抽烟的人有什么区别呢？

我颤抖着手，划着了一根火柴，点燃了含在嘴里的那支香烟，使劲地吸了一口，瞬间感觉嗓子里像是灌进了辣椒。我急促的干咳着，眼泪也被呛了出来。

程峰不慌不忙地告诉我，让我小点口，慢点吸，一会就会好的，偶尔吸支烟，能让人静下心来。

就这样，我开始学会了吸烟。

不知道为什么，那天柳郁没有来小屋。可能是不愿意看到我如此失落颓废的样子，也可能是吴小莉找她和她说了什么。无论怎样，我还是尽我所能兑现了当初对于柳郁的那份承诺，帮她提高学习成绩。

无奈的思绪

当月季花再次挂满枝头

当熟识又陌生的日子降临

当我的笔抖动着填写一份志愿

当所有的希冀被装进档案袋

当空空的行囊放上自行车架

当吹着口哨再看一眼绿色的校园

当闭着眼静静倾听毕业的歌声

当目光再投向飘动着的淡蓝色衣裙

当失落袭上沸腾的心头

当眼前依旧，脚步轻收

当······

无奈的思绪会哭吗？

填报志愿的时候我没有听柳郁的，她对自己的期望值不高，报了唐山师范学校，我没有填报省内的任何一所学校，最低填报的是杭州财经学院，我忽然如此地渴望江南。就这样，我们在各自的向往和期待中走进了高考的考场。

三天的高考我没有什么印象，只记得第一场的语文试卷中有一道填空题，题面是"接天莲叶无穷碧"，填写下一句，我居然怎么也没能想起那句后面的诗句来。就这样，我的高考梦就断在了"映日荷花别样红"······

7月10日的一大早，没顾得上问问春儿的考试情况，我便骑上自行车去县城柳郁的家。我放心不下柳郁，我要知道她考得是否顺利。

柳郁的父母都在家。我想帮柳郁分析一下前三天的考试内容，她的父母则在外边忙着准备午饭。

没想到柳郁给我找出来一本厚厚的书，是一本莫应丰写的小说，名叫《麂山之谜》。她让我回家好好看看这本小说，好好认识一下里面的一只叫"草里黄"的麂子，那样就可能会更好地来认识她。我不知道柳郁这是什么意思，只是默默地接过柳郁递过来的那本书。

中午吃完饭，柳郁的父亲把我单独叫到了他的房间，说是想和我好好谈谈。我实事求是地向他汇报了我的高考情况，感觉自己成绩不理想，志愿填报的又偏高，不行的话也做好了复读一年的思想准备。柳郁的父亲点燃一支烟，长长地吐出一团烟雾之后，慢条斯理地和我说，柳郁我们都是大男大女了，他家的家属院和我们农村不一样，这里人来人往都能看得到，我俩总来往难免左邻右舍说三道四，再者他也不希望柳郁以后走他们那一代的老路。

我感谢柳郁父亲的坦率直白，更感谢他深深地刺痛了一颗积极阳光的年轻人的自尊心。

想都没有多想，我便从椅子上站了起来告诉他："您的意思我听懂了，放心，从今天开始我永远不会再登您家这个门口了，防止左邻右舍说三道四。另外，我不会再读什么大学，我就踏踏实实做个庄家佬，看看农村人比你们这些城里人活得差多少！"

强烈的脆弱的自尊忽然莫名的告诉我，我是农民的儿子，我的身体里流淌着农民的父辈的血液，我被深深地烙上了农民的印记。尽管农民被人瞧不起，但我不能瞧不起自己。少年时代也曾强烈地渴望跳出农门，我多么渴求也能够通过大学之路改变自己的命运呀，毕竟那是我们那一代人唯一能够改变自己身份的途径。人都有自尊，只是自尊的点不一样罢了，我最怕别人刺痛我是农民的儿子的那根脆弱的神经，但我又钻进了自己给自己设定的牛角尖，我就踏踏实实做个农民，你瞧不起又能怎样，我瞧得起我自己，同时我做什么不重要，重要的是我能！我一定能通过自己的努力让那些瞧不起农民的人改变看法。

我通过这样的方式做着抗争，与其说是和柳郁的父亲抗争，不如说此时此刻是和自己的内心抗争。

拿起柳郁送我的那本小说，我头也不回地便离开了柳郁的家。尽管身后柳郁娘俩一直追出来，说看这天儿马上就要下雨了，让我不要走。

不要走？不走有什么意义？还让那个人继续侮辱我么？不！没有谁侮辱我，应该是我自己对于自己的否定，抑或是什么触碰到了我自己内心深处那可怜的虚荣的自尊心。

我满脑子都是悲愤！

我能一直感觉到柳郁娘俩追在我身后，但我不敢回头，我怕我万一回头看到柳郁，我不知道此时此刻柳郁是否知道我的悲愤，我不敢想柳郁是否早已经在他父亲那里承受了某种压力，我不敢想万一回头的话，我是否还会如此决绝地离开。

我越过铁道口，那是叫作河头的铁道口。中国第一条标准化铁路唐山至胥各庄运煤的终点站。一列满载货物的黑皮火车呼啸着从我身后飞驰而过，就这样把我和柳郁娘俩隔离开来。我尽量不去想我的决绝会如何刺痛柳郁的心，尽量不去想柳郁娘俩在被疾驰的列车挡在另一边是否无奈，更不敢去想如此决绝地离开后是什么样的结果。我只知道用力蹬着身下的自行车，尽可能快的离开这里，离开这座忽然让我如此讨厌的县城。

　　盛夏的天气说变就变，不知道什么时候厚厚的乌云从身后压了下来，紧跟着瓢泼似的大雨砸落在我的身上。我赶紧把柳郁送给我的那本书揣进了怀里，尽可能弓起了身子，不让大雨淋坏了那本柳郁送我的书。此时此刻，不知道是雨水还是泪水，顺着我的脸颊向下流淌着、流淌着……

　　回到家，我连湿透的衣服都没有换，径直跑到自己的屋子里。我放好了柳郁给我的那本还好没被雨水淋透的小说，从自己的写字台下边，搬出了两年来我用心写的日记本，厚厚的一摞，足有十几本，都是塑料皮封面的。然后，抱着这些厚厚的一摞记载着我最美好的高中时光的日记本，放到了堂屋的灶台前，拿起火柴，看一页，点燃一页；看一页，再点燃一页。那些对于青春年少的我最美好的、铭刻在我年轻单纯的心灵上的过往时光，便在这跳动的火焰上重现着，唯一能告诉我那一定也必须已经成为历史的，便是再次顺着脸颊流淌下来的绕过嘴角淌进嘴里的苦涩委屈、只能自己下咽吞掉的眼泪。

　　既然都已经过去，既然我要放下，那就放下得干干净净吧。我把柳郁送给我的那本书从屋子里拿了出来，拿到灶边，用力撕扯开，狠狠地扔进了燃烧着的火堆里，目送着那本本应该好好细读的柳郁送给我的书的燃烧，滚烫的泪水又模糊了我的双眼……

　　母亲没有打扰我。

　　不知道春儿什么时候一直默默地蹲在我的身边。她没有说一句话，我能感觉到春儿看到我这个样子的心痛。于是我仰起头来，深深地吸了一口气，然后用力地呼出去，双手覆住脸颊，来回搓了几下，拍拍春儿的肩膀："春儿，放心吧，二哥没事，没事的。"

春儿扶起我，双手握住我的手臂："二哥，是好事，有我呢！"

《麂山之谜》我没有机会再读，我不想，更不敢再读。究竟莫应丰描述了怎样一只麂子，那只"草里黄"又有着怎样的命运我不得而知。只知道我要迎接自己崭新的命运了，尽管总有千万种理由的不舍。

我必须相信吗？

就在那一天，你发怒了……为什么一夜之间你便赶走了河湾里嬉戏的孩子，拒绝了柳荫中翠绿的蝉鸣，藏匿了小屋里真挚的感情……

敏感知趣的梧桐树，一叶叶、一片片，离枝落去，寻觅着自己的归宿。一行人字大雁，驮着黄昏姗姗离去，我呢？独有小草，仿佛受到了优待，翠绿的尖儿在温梦里被恋人镶上了一圈温柔的金边……

你该告诉我——秋天了。

我想起了小屋门前迎春花的轻盈脚步，我想起了揽星湖边垂柳的依依惜别，那么秋呢？你要留给我什么？

人说，秋天多的总是失落。

飒飒的秋风，轻吻着额头的情丝乱发，也载着不尽的思绪飞回我们那座绿色的小屋……

春红夏绿，花香鸟语！至圣的造物主，你是妒忌吗？怎么竟然赶走了这一树的碧绿、一声声莺啼！空留下了这太多的阴晴圆缺、悲欢离合？

你冷吗？

惆怅，朦胧地勾起了丝丝离愁，在被高楼与烟囱分离的支离破碎的空间里，你还拥有小屋的一片绿色吗？是否依然能够雁阵掠过头顶，悠悠而来，款款而去？小屋外那片春天的许诺熟透了，你知道吗？

呵，好一幅壮观迤逦的画卷：梧桐树碎金映托，在月光照射下的一片片，一片片多清新，多娇媚，多灵秀，多优雅。我再读你的一帧秋叶。

忽然一阵菊花的清香悠然飘至，吹淡了缕缕寒意。淡淡的，就像我们沐浴的春雨，洒遍了我孤寂的心底。

是呀，何必永远眷恋那万紫千红呢？

你瞧，昔日娇艳的月季花憔悴了，就连那漂亮的叶子，此时也无力地低了头，无可奈何地坐等秋霜的降临。风儿吹跑了它的渴求，留下的只是一声空寂的叹息……

鸡冠花也畏惧了，惊慌地收起了火般的赤冠……

我懂了，唯有那一片金黄，才不使季节逊色，我的心也豁然。

我们提炼金黄色理想和蔚蓝的天空，多的不再是失落，而是收获。

不也有傲菊，为霜秋孕育春意？

"莫嫌老圃秋容淡，犹有黄花晚节香"，你为什么不相信那临风的一朵秋菊？

吴小莉倒了几次公交车，到家里来看我。她也和我一样落榜了。吴小莉告诉我，她家本就困难，母亲一直瘫痪在床，父亲常年在外打工，经济条件本就不好，加上父亲重男轻女，自己复读是绝不可能的。父亲给她安排的就是赶紧在村上找个人家嫁出去，她没有答应，她不能就那样早早地结婚生子，她一定要跳出农门上大学。但自己的心里又纠结着自己的复读费用和照顾瘫痪在床的母亲的事儿。这次过来也是放心不下我，一定要看看才安心，如果我愿意，她宁可放弃复读，留下来陪我。

我懂了吴小莉的意思。

但是我告诉她，在我心里永远拿她当自己的妹妹，她一定要去复读，否则一个女孩在家里什么出息也不会有，这些年的书就白读了。至于照顾她瘫痪在床的母亲问题，家里的两个妹妹够用了，本来高中寄宿这三年，也一直是两个妹妹照顾的。

其实在劝吴小莉的同时，我的内心一直在隐隐作痛，因为我何尝不是和她一样强烈地渴望着上大学、跳出农门啊，我用自己全部青春付出所希望的不就是深植内心的如此命运改变吗？但执拗的我放下了一切，明知未来的生活不是我想要的，却一定要去面对，去抗争，去证明给别人看，我做什么都一定能成，何必非要去头破血流的挤那根"独木桥"呢？

吴小莉的复读生活费不是问题，我去工作，我供她复读。好在吴小莉最后还是听了我的劝。

她复读，我供她。

忆江南

星辰早

一往莫道烟

青山未之愁却索

经年辛苦意等闲

何必又凭栏？

告别美好青涩的学生时代，我踌躇着准备步入七彩社会。谁知，我对于命运的选择，竟成了让春儿因为我彻底改变命运轨迹的导火索。

我意料之中地落榜了，一家人为我惋惜的同时，春儿接到了河北大学的录取通知书。

除了全家为她高兴之外，全村人都投来羡慕的眼光，毕竟在当时村子上几年不一定能走出一个大学生来。尤其是春儿这样一个被收养的地震孤儿，被父母精心培养出来更是成了全村人议论的话题，都说父母当时的眼光真好，将来一定会得这个闺女的济；也有人说春儿上了大学也就远走高飞了，这个孩子算是白养了。当然父母不会在意后者的说法，自然是欣慰的，乐得合不拢嘴。毕竟大哥已经在读中专，毕了业可以直接分配到铁路上，春儿读四年大学，也一定会有一份很好的工作，只是还是希望我能去复读，这样就都可以跳出农门，老两口也就没有什么遗憾了。只是谁也做不通我的工作，眼睁睁地看着我彻底放弃复读了。

正当大家沉浸在为春儿金榜题名的兴奋之中时，那天晚上吃饭的时候，春儿忽然一脸严肃地当着父母的面问我："二哥，我想知道你究竟还去不去复读？"

我想都没有想，直接告诉她："以后不要再问我这样的问题，你和大哥都踏踏实实去上学，我则踏踏实实在家找个乡镇企业上个班，家里也需要有一个人在父母身边。"

春儿"啪"的一声把筷子往桌子上一摔："二哥你用不着这样装伟大，找了一个留在父母身边的理由来欺骗自己，欺骗所有人！你想让所有人以为你对父母多好，大哥我俩不孝顺对吧，这我可承担不起！你不就是从柳郁那里受了委屈，自己和自己过不去吗？你不觉得这样你多自私吗？复读你爱去不去，别拿照顾父母当挡箭牌，这样，爸妈这我照顾，用不着你！"

母亲赶紧接话和春儿说："春儿啊，有话慢慢说，你二哥心里正不好受呢，过些日子就会想通的，我们谁也不需要你们照顾，你们兄妹三人就都好好地上学就行了。"

春儿向母亲扭过头："妈，你不知道二哥多钻牛角尖，这样他会因为一个不值当的女人毁了自己一辈子的，没有人比我知道二哥多想上学！"

　　我愤愤地把多半碗饭往桌子上一撂，站起身甩下一句："我的事和谁都没关系，我自己选的路我认。"

　　我刚想转身离开，突然春儿也站起来："你别走，我告诉你二哥，你要是敢不去复读，这个学我也不上了，不信你就试试！"

　　我也不示弱："那是你自己的事，我管不着！"

　　说完甩手就走了出去，留下了父母无可奈何地相互对视无语，留下了春儿气得站在那里浑身哆嗦着怒视着我的背影远去……

　　我没有想到，所有人都没有想到，春儿真的自己撕毁了录取通知书，彻底放弃了多少人梦寐以求的读大学的机会。包括父母在内没有人知道春儿的真实想法，这些年来，春儿自己认准下决心要做的事谁也拦不住的。尽管我能感受到父母的无可奈何，但源于我自己对自己的决绝，根本没更多地去想春儿的心理，最终导致了春儿因为我而错失了一次改变命运的机会，甚至于以后的岁月里因为给春儿带来的影响让我一直无法原谅自己。

初入社会

　　虽然高中毕业的学历不高，但在当时也是不错的了，所以像我这样的"大学漏儿"在农村还算"香饽饽"。小学校长请我去学校做代课老师，被我拒绝了。虽然当时的代课老师也有转正的机会，但我还是那个观点，当初要是报考师范的话，我早就是正式老师了，现在怎么说也不能三年的高中白上了，转回来再做个代课老师。很多人替我惋惜放弃这样的机会，但我不后悔，因为我知道，那不是我想要的。但究竟我想要的是什么，连自己也说不清楚。

　　春儿去乡里的初中做了一名代课老师，教一年级的语文，那是我们的母校，离家五里的路，虽说离家不远，但是她还是选择了住校。当时在学校读书时给老师们的印象就很好，所以，一部分老教师对春儿的照顾还是很好的，她很快就适应了角色的转化，赢得了老师和学生们的认可。

很快，一个远房的亲戚在市里给我找了一份临时工作，在一家制线厂当修理工。那是路南区一个办事处下属的集体企业，叫唐山市荣华制线厂，主要生产缝纫用轴线、塔线。企业规模虽不大，但在当时好像唐山地区仅此一家，效益还不错。加上那个远房亲戚和几个唐山棉纺厂退休的老领导被返聘到这家企业后，又扩大了经营项目，扩建了一个纺纱合股车间，我正好赶上了那里招工的末班车。

虽然当时我还不知道这份工作的性质究竟是什么，但我还是痛快地答应下来，并且第二天就报到上班了。因为除了每月六十块钱的工资外，还能拿到几十块钱的其他补助，这样的话，我就有能力供吴小莉复读的生活费了。

从家到工厂三十多里的路程，笔直的马路，骑自行车四十多分钟就能到。

按照远房亲戚描绘的工厂的地址，我没费什么时间就找到了。一进南刘屯不远，就是介于唐山袜厂和铁路清筛机械厂之间的一条胡同，尽管没有路牌，但也是一条有名字的胡同，叫新后街。厂子就在复兴路和新后街交叉口东行百米的样子。这是一个和居民区混在一起的工厂，其实是个不大的院子，只有两排三十米左右的厂房，一进大门的左手边就是两间办公室，紧挨着办公室的是合股车间，这一排的南面是轴线车间和几间库房，中间的最里面有一个简易的自行车棚放了十几辆工人们的自行车。

到办公室报到简单得不得了。应该是都知道我的到来，一位姓高的老师傅告诉我，给他做徒弟，勤快点就是了。高师傅六十多岁，人还算随和，他发给了我一副劳动布的护袖和一顶劳动布的帽子，都是那种灰颜色的。穿戴上之后的样子和我想象中工人的形象一模一样。正在我穿戴好"装备"的时候，进来一个个子高挑和我年龄相仿的女工，头戴白颜色"的确良"帽子，上身系着"的确良"的白色围裙，进来是找东西的。高师傅赶紧给我介绍，说这个章杰比我早来一天，和我是老乡。

向章杰一打听，果然不错，就是我们邻村的，二中毕业，昨天刚来，在合股车间看合股机。或许是因为是老乡吧，我和她没有一点陌生感。

高师傅带我熟悉了一下车间环境才知道，这里除了棉纺厂退休的三个老师傅外，清一色的女工，而且绝大多数都是二十岁左右的小姑娘，只有我一个小伙子。

我掉进了"女人窝"。

都说纺织厂女工最累，我算是领教了。不过在这里，最累的是我。

除了跟着高师傅学些钳工的基本功之外，就是熟悉机器，做好平时的维护保养，这些活还算清闲。真正的体力活是我所没有干过的。每天我还要把女工们加工好的面纱一个个装进一个直径足有一米的白布口袋里，放在车间门口的一台磅秤上一层层码好，那袋子是标准袋，每袋五十公斤，不能多，也不能少。装好的袋子车间门口堆不下了，我就要背到对面的库房里，每天都有上百袋，这才是我的主要工作，其实就是个搬运工罢了。

最累的活儿是人家合作的工厂过来拉货时装车。五吨的大货车开进库房门口，司机打开高高的车厢挡板就去休息了，而我要在车厢后摆上四层专用的一米多宽的角铁焊接的活动台阶，把一百袋纺好的纱线背上车装好。一百袋，五吨，从库房到车上，如此往返。每次都是大汗淋漓。偶尔会有高师傅几个人帮帮忙，我就很知足了。

中途高师傅喊我去厂子的大门口抽支烟休息一会儿是最幸福的事情了。遇到着急赶路的司机催促，我便狠吸几口烟，然后把那没抽完的半截香烟扔在地上，再用力踩几下就小跑着继续装车了。

虽然很累，但我很愿意。因为除了每天被那几个年龄稍大点的小媳妇们拿来开心是我接受不了的以外，充实是我最大的快乐，忙碌于重复的杂活之中，我可以什么都不想，只知道多干些活，应该能多一点收入，就可以让吴小莉不用担心复读生活费的问题。

发工资了，那是我人生中第一笔工资，92 元。在当时是不低的收入了，我很知足。

下班，早已养成了和章杰同行的习惯。其实，每天我俩上下班都是同行，早上约好了时间，在村头的公路上集合，一起走。那天发完工资回家的路上我告诉她要去一中看同学，她说反正顺路，不如陪我一起去，我答应了。

再熟悉不过的校园。我带着章杰径直去复读班喊出来吴小莉。我塞给吴小莉五十块钱，告诉她我发工资了，让她安心复习就是了。吴小莉没有推辞，她没有能力推辞。只是默默地接过钱，点点头。

三个人一起走在我曾经走过无数次的校园的甬路上，两旁是粗壮的挺拔的梧桐树。

"小莉，这是你嫂子！"我居然鬼使神差般如此介绍章杰给她。

吴小莉愕然，章杰更是愕然！

但章杰居然很配合我，因为在近一个月的同行中，我和她相互间讲了很多关于自己的高中生活，她知道我如此介绍的用意是什么。吴小莉用力咬着嘴唇，看看我，看看章杰，欲言又止……

从学校出来，章杰看出我复杂的心情，出乎我所料地劝我："回来也复读吧，否则这一辈子可能就耽误了。"

我的心更沉了。

前段时间佟老师还专门找到了我家，苦口婆心做我的工作，一定要去复读，被我拒绝了。我不知道我自己的坚持是不是对的，因为绝大多数人不知道我不复读的原因。柳郁知道，吴小莉知道，章杰知道。

我告诉章杰，我坚持自己的选择，尽管不是和任何人过不去，尽管可能真的是在和自己过不去，但我无怨无悔。

章杰反问我，"真的不后悔?"

　　我没有再回答。因为我真不知道有一天自己会不会后悔，我不能让自己后悔，因为我必须要证明给那个人看。不，我应该证明给自己看！

　　为了能多些收入，加上厂子里的确没有其他的"壮工"，我又接受了一份送货的任务。丰润八里庄当时有很多家庭作坊式的制鞋厂，长期需要大量的塔线。为了方便那些客户，厂里定期要专门把整箱的塔线送过去。为此，我用了半天的时间练习了一下骑三轮车。自行车骑习惯了，一般再骑三轮就会总往一个方向偏，我还好，晚上下班的时候就熟练了。

　　第二天一上班，我就在业务员大姐的安排下，把三十多箱塔线满满装了一三轮车，用绳子前后绑得结结实实的。当问到送到哪，给谁的时候，那个业务员大姐只告诉我，丰润、大八里庄、小八里庄，进村吆喝，就会有人要货，争取全卖完，否则还要拉回来，而且，还要注意货款安全。天呀，这哪里是送货，这分明就是去沿街叫卖。难怪每箱给我一块钱的"运费"。

　　从来没有去过丰润。打听好路线，我就骑上三轮车，拉着那三十多箱货出发了。

　　好在一水的马路，沿着复兴路北行，从南新道奔建设路一直就能到，五十多里的路程。

　　南新道上的永红桥是一座地道桥，马路是那种漏斗形的，下坡，然后上坡，坡道长长的。我拉着手刹冲下坡之后，上坡是怎么也蹬不上去了。没办法只能下来，左手扶住手把，右手用力拉紧车座，身体前倾着拽动三轮，一步一步缓缓而上。不敢中途站住休息，我怕整个三轮车因为我的坚持不住向后滑下去。当我咬紧牙爬上坡道的时候，才能腾出一只手抹掉脸上一层豆粒大的汗珠，一身劳动布的工作服湿得透透的，索性脱下来上衣系在车把上，上身就穿一件跨栏背心继续赶路。

那是我第一次领略建设路这条唐山主干道的风景。以后近一年的时间里，我都是以这种方式往返在建设路这条唐山市的主干道上。以至于多年之后自己开着汽车跑在建设路上，还每每能想起我曾经在这条路上怎样的挥汗如雨，翘起屁股，弓着腰向前倾着身子骑三轮车拉货的样子，那是我用最美好的青春年华留给建设路最朴实的最没有人留意的一种特殊记忆。

最幸福的事就是骑到半路上，在任各庄村头休息的时候吃一碗热乎乎的豆腐脑了。在这里落落汗，歇歇脚，抽一支烟，看着南来北往忙碌的人们，我什么都可以不再去想，早就没有资格再想什么了。这就是生活，最现实的生活。现在我最期望的就是到了八里庄，能把货全部卖出去，带着货款回去，能拿到三十元的补助。

中途就休息那一次，终于到了八里庄。

的确，村子里隔三岔五就有一家院子是制鞋厂。我在村委会门口停下，找到里边的人，递上一支香烟，就能麻烦人家在大喇叭里广播一下。效果不错，时间不长就陆续有人过来拿货。

没想到如此顺利，中午没过，这一车三十多箱塔线就被分光了。我小心翼翼地把货款收好，不敢耽误，赶紧往回赶，因为手里拿着那么多的钱，可是不敢出差错的。

那一天正和高师傅忙完设备巡检，躲在厂门口抽烟，办公室的老杨喊我说有封我的信，并顺手递给了我。我接过信一看，信封上娟秀的字迹是再熟悉不过的了，柳郁居然把信寄到了这里。

打开信，我不知道自己内心究竟是什么滋味。因为信中柳郁告诉我，她是从同学那里知道我的工作单位的，还寒暄着让我注意身体之类。其实能够看得出最主要的是她在生我的气，骂我没必要为了刺激她而在同学们面前撒谎，即便真的这么快就结婚了，又有什么可炫耀的呢。不过最后告诉我，如果我真的喜欢带到学校的那个女孩，能不能让她认识一下，她很想知道那是怎样一个女孩。

下班的路上，我和章杰提起了柳郁来信的事。章杰劝我抽时间去看看她，我说不想见。章杰笑着嘲讽我口是心非，让我别装了，还是去看看。

出乎我意料的是，章杰说如果方便，她愿意陪我一起去。我不懂女孩子的心思。如果说柳郁想见章杰是出于对我的关心的话，那对于章杰就只能是好奇了。

真巧，没几天的一个上午，工厂停电，说是电力部门计划内线路检修。章杰主动找到我，说难得的机会，我们一起去唐山师范学校看柳郁。我嘴上说着不想去，还是跟着章杰走出了办公室。章杰笑着提示我，可不能穿着工作服去，当心人家认不出来。我便红着脸换上了便装。

唐山师范就在建设路上，我俩骑着自行车边走边聊。章杰更多的是问我关于柳郁的很多话题，我很少正面去回答，只是敷衍着说见到了就知道了。

我没进过唐山师范学院的校园，只能一路打听着找到了英语系。结果到了教室，有学生告诉我们柳郁在操场，她们在搞什么活动。

不时地瞟一眼宽敞明亮的大学的教室和来来往往的学生，我的心里忽地掠过一丝莫名的失落，那种感觉只有我知道。我一直以来是多么强烈地渴望着能有机会走进大学的校门，和这些我同龄的人们坐在一起享受大学生的美好时光。可是，曾经心高气傲的我呢？一个制线厂的维修工？一个撅着屁股吃力地拼命蹬三轮的装卸工？我都不知道自己是谁了……

终于在操场上找到了柳郁。

柳郁没有什么变化，巧的是身上穿的居然还是那身淡蓝色的连衣裙。如果不是章杰打破寂静，我好像以为还是置身在丰城一中的校园里，在揽星湖边，在丝丝垂柳之下。

我连忙急着介绍，柳郁却打断了我，笑着伸出双手握住章杰的手问好。两个女孩见面好像很熟悉，好像比和我还要熟悉，居然把我晾在了一边。

当然，柳郁一直在向章杰介绍我的好处，而章杰不停地在向柳郁说她在做我的工作，复读还来得及，不读大学太可惜了，让柳郁一定要好好劝劝我。以至于在这两个女孩的聊天时，我什么话也插不进去了，只能偶尔机械地点点头。我说不清自己随着这两个女孩漫步在大学的校园的操场跑道上是什么角色了，更不知道在我人生的跑道上我究竟该怎么走，究竟能走多远……

去唐山师范学院看柳郁的第三天，章杰收到了一封柳郁寄来的信，她告诉我，这是我同学的信，让我看。

这封信我看了。

章杰，你好：

请原谅我对你的直呼其名。第一眼看到你就有一种"金石之缘"的感觉。能感觉到王和你在一起的快乐，感谢你替我抚平一颗受伤的心……

真心的祝福你们修成正果，你们是我一生的朋友。当然，如果你感觉我的存在，会影响你们的平静生活的话，我会永远消失在你们的生活之外……

柳郁

章杰告诉我，柳郁的信她看不懂，还说这封信她不能要，让我留着。我告诉她千万别当真，我就是想气气柳郁，看来效果不错，有时间一定好好请请她。

虽说应付着章杰，但我的心里搞不懂柳郁写给章杰这样一封信是想做什么。

每天和章杰的同来同往，终于被厂子里那些结了婚的女人们当成了闲暇之余的话题了。最早的是章杰的班长，姓葛的一个三十来岁的胖女人，黑黑的皮肤，个子不高，身材就跟皮球似的，不过人还不错。

不知道从什么时候开始，只要我进车间巡检设备，大胖葛就笑嘻嘻地凑过来："小王呀，有个事告诉你哈，我张罗着给小章杰介绍对象呢，我们郊区的，你看怎么样？"

看不透大胖葛是什么意思，我只能呆呆地望着她，给她介绍对象问我做什么？和我有什么关系？大胖葛似乎很认真地说："你要是没想法我可真的安排他们见面了啊。"

"见吧见吧，和我有什么关系。"我拎着工具夹赶紧躲开了大胖葛。

尽管车间里的机器噪音很大，但我还是能听见那几个当班的女人的坏笑和着机器的噪音在车间弥漫开来。

一天下午下班回家，和章杰我俩同行的还有家在稻地的一个姓齐的女孩。毕竟那时候在家附近找个工作还是很难的，所以很多附近的年轻人都选择去市里上班。

小齐应该在稻地中学旁边下马路回家，不想她和我俩刚分手没有一分钟，我就听到"砰"的一声，以及汽车紧急刹车发出的刺耳的声音。

"不好，撞人了。"我一边向章杰说着一边回过头去。我看见小齐从半空中弓着腰重重地摔在了马路上。

小齐被撞了。我急速骑着自行车折返回去，从自行车上跳了下来，冲到小齐身边，小齐脸上淌满了鲜红的血，身子还在动。我赶紧拦了一辆绿色的 212 吉普车，求司机送我们就近去医院，司机没有迟疑，示意我赶紧上车，我抱起小齐坐在了副驾驶的位子上，甩给章杰一句："我们先去稻地卫生院，你看着现场。"

司机晕血，我脱下外衣盖住了小齐的头，212 吉普车在我的指挥下开到了稻地卫生院。

好在小齐只是脸上有些外伤，其他没什么大碍，在医生检查的过程中就苏醒了。我长出了一口气，想去谢谢那个帮忙的司机，却发现人家早已经悄悄离开了。

此时，我正想找院子里的水龙头冲洗一下身上沾的血迹，一群人急匆匆地冲了过来，嚷嚷着找被撞的人。我赶忙迎过去："你们是小齐的家属吗？"

我的话音还没落，其中冲在前面的一个小伙子上前就给了我一个巴掌，嘴里怒斥道："撞了人就给送到这个破医院了，耽误了抢救我要了你的命！"

我连忙解释："我不是司机，我是小齐的工友，要转院你们赶紧吧。"

没人再理我，那群人都冲进了急诊室。

我无奈地摇摇头，不知道什么时候人们之间的相处居然变成了这样。即便我是那个司机，也不应该挨打呀，更何况我是在帮忙救人，不说感谢也就罢了，居然无辜挨了巴掌。我也没有再多想这些无聊的问题，先用医院院子里的自来水冲干净了身上的血迹，然后步行回事故现场找章杰。

章杰一直在现场等我，我告诉她小齐没什么大事，她家的人都去了，没我什么事了。章杰说，小齐同村的人路过这里知道之后通知的她家里，现场已经处理了。我没有告诉章杰白挨了一巴掌的事。

救小齐的事第二天就在厂里传开了，车间的女人们居然拿这件事开起了玩笑。

"小王，抱着小姑娘什么感觉呀？"

"小章杰，看人家小王借机先把小齐给抱了，你不着急呀！快点吧，不然真要给他介绍对象了啊。"

那些女人开玩笑的次数多了，我便在回家的路上问章杰，大胖葛介绍的对象见面了没？情况怎么样？章杰腼腆地笑着问我，这你也信？我说这有什么可信不可信的？章杰告诉我，其实那几个女人也经常向她说起一样的话题，就是名字变成了我的。还说给我介绍的是市里的女孩呢。

这群无聊的女人，真是没事闲的拿这开玩笑。

不过，家里真的在给我张罗着介绍对象了。尤其是春节期间，人来人往，所有的话题好像都成了我的亲事。

农村本就如此，只要不上学了，很快就有人给提亲的。甚至很多人初中一毕业就把亲事给定下来了。尽管我还没有一点这样的想法，甚至连我自己都不知道自己是什么想法的时候，几个提亲的相继上门了。母亲很是积极，我能感觉到在家里我好像已经是"大龄"青年了。

其实我能够隐约感觉得到，父母及爷爷奶奶对于我的对象早就有了人选，只是一直是他们一厢情愿罢了。这个人选就是在他们眼中乖巧懂事的我妈的那个"干女儿"。

那还是在我读初三的时候，那年暑假。

一大早我起来正拿着一把大扫帚扫院子，"这是二哥吧?"我抬头看到一个清秀的女孩推着一辆自行车正笑眯眯的像是在喊我，但这个女孩我并不认识。

于是赶紧放下手中的扫帚，向里屋喊道："妈，来客人了。"

母亲放下手中的活儿迎出门来，见到眼前这个陌生的女孩正寻思的时候，女孩一脸的笑容紧走两步握住母亲的手："妈!"

母亲一脸茫然，我站在一旁也是丈二和尚摸不着头脑。

女孩自我介绍道："妈，我是小玉，和大哥是同学，我在家也没人稀罕，今天就是给您做闺女来了!"

当时母亲没有了主意，不知道这姑娘葫芦里卖的什么药。

先把小玉迎进屋子，叫醒了还在睡懒觉的哥哥，毕竟是他的同学，起码也要核实一下啊。

哥起来走进东屋一看到小玉便责怪起来："你真是有病，几个同学开玩笑，你还当真就跑来了啊!"

小玉一仰头，调皮地回道："我可没开玩笑，我就是要给老妈当闺女。"然后抱着老妈的胳膊晃动着问："妈，我当您闺女，您不会不答应吧!"

母亲没有直接回答，而是含糊着说："你们先聊，我有点事出去一会儿，马上就回来。"

其实母亲是一时不知道怎么办才好，去老院问问奶奶应该怎么办。

奶奶家里每天都有几个老太太聚在一起玩"梭胡"，就是一种长条的纸牌，现在早已被麻将取代了。

几个老太太听母亲一说，这不成了笑话了吗，哪有这么大的丫头自己主动上门认干妈的呀！不过奶奶说人家进门就叫妈，也不能不招待人家，做顿好饭，给人家个见面礼，然后回绝就是了。几个老太太说也只能如此了。

没有办法的办法，的确也只能如此了。

谁知小玉可是认定了。

自打进门就没拿自己当外人，自来熟，居然忙里忙外起来。中午吃完饭，母亲说小玉是个好孩子，不过自己不喜欢认干亲，家里两个半大小子，也不方便，再加上也不缺闺女，以后就不要再来了。

谁知小玉一听立马大泪小泪地哭了起来，说："自己在家里都没人稀罕，就想找个干妈疼自己，反正已经来了，您不认我，我认您，您就是我亲妈！"

弄得母亲一点办法也没有，只能权宜之计，想糊弄着小玉高兴先应付过去。

春儿站在一旁，冷冷地看着这个天上掉下的妹妹，又看了看手足无措的哥哥："大哥真有本事啊！看来我这个妹妹多余了吧。"

哥哥没好气地回了一句："待着你的，别跟着起哄！"

母亲赶紧插话："你们都年一年二，年轻人在一起好好处。"

春儿向身后一甩长长的辫子："二哥，走，我们给人家腾腾地儿。"拉着我的手就冲出了院子。

那天老妈把自己赶集卖的几捆布料搬到炕上，打开让小玉挑两块自己喜欢的做两身衣服。小玉也不客气，拿起一块布料在身上比画着："妈，这件我做个裙子一定好看。"

又拿起另一块布料说："妈，这个我做件西服也好看。"

弄得母亲无可奈何，只能点头："好看，好看。"

然后量了尺寸，给小玉包起了好几块布料。小玉兴奋地搂着母亲："妈，还是您稀罕我！"

当天下午送走了小玉，母亲说这可上了大当了，叫了几个妈，搭上好几块布料，这闺女咋这么不靠谱啊！奶奶在一边劝说："我看这闺女挺好的，知书达理，有老有少，挺不错的。"

奶奶说："你看人家这孩子，我头晌午过来一进院子，人家就跑过来搀我进屋，扶我盘腿上炕，给我倒水，多懂事啊。我亲孙女都比不上！"

奶奶的认可、母亲的默认，这个干女儿就算认下了。

当时的春儿为此还郁闷了很长时间，和母亲吵闹着说就是不把她当自己的亲生女儿，否则的话还认一个干的做什么。

母亲一脸的无奈："谁愿意上这样的当啊，你是亲闺女，谁也取代不了你的。"

于是小玉成了家里的常客。不，应该是家里正式多了一个妹妹。此后不论是寒暑假，还是周末，只要有时间小玉便到我家来，成了我家名副其实的一员。

那年国庆节放假，母亲安排我俩去承包地里收割小豆。村子上偶有干农活的人经过，都会狐疑的打量一番，多事快嘴的婶子们更是直接远远地问我："上着学就把对象领家里来了？你妈居然舍得让这么白嫩的媳妇下地干活？"问的我一脸通红，只能解释说这是我妹妹，可别乱猜。

而小玉却不以为然，只是一边干活一边抿着嘴笑……

几年间从我哥考上天津铁路工程学校，直到毕业分配参加工作，乃至结婚，小玉都一直往来于家里。在父母心里似乎总有这样一种想法，那就是我哥没看上小玉，如果我能够娶了这个干妹妹也是不错的选择。结果居然我也没有一点这种感觉，不免让老两口有些失落。后来小玉考上了天津建材技术学校，依旧是寒暑假来家里，依旧是和母亲一副求疼爱的样子，依旧是每每让母亲扯上几块她中意的布料做两套衣服，依旧是每每接过母亲给她准备的生活费后破涕为笑，依旧是每一次都会惹得春儿把脸拉得好长……

每当母亲在吃晚饭的时候向我提起找对象的事，说谁谁谁来过了，提的是哪里的一个姑娘的时候，我就烦。

在母亲一再追问我究竟想找一个什么样的女孩的时候，我居然随口说出了一个条件，那就是起码要高中毕业的。这个条件真的把很多人都拒之门外了。因为那个时候真正的高中毕业生毕竟不多。

后来母亲唠叨着说我的条件不要太高，别耽误了自己的时候，我又安慰母亲，让她不要再为这件事情操心，我自己早谈上了。听到这些，母亲半信半疑，便追问这女孩是哪里的，家庭怎么样，还让我有时间一定带到家里来让她看看。我便随口答应着。

为了应付母亲，也为了让那些忙于帮我物色对象的好心人们放下这件事，我竟然向章杰发出了我的邀请，让她有时间一定去我家做客。

当然，我没有把自己的本意告诉章杰，这只是应付母亲的权宜之计。章杰愉快地接受了我的邀请。

我带章杰回家是在春天里的一次下班之后，那天母亲张罗了一桌丰盛的饭菜，把在学校住宿的春儿也托人捎话喊了回来。

能够看得出，母亲第一眼看到章杰就乐得合不拢嘴了，春儿则一点高兴不起来。

说实话，尽管和章杰接触了半年多的时间，但我并没有真正打量过她。其实，章杰在女孩中应该算是很漂亮的了，一米六五的修长的身材，尽管和我一般高，但给人的感觉要比我高出一截。尤其是章杰身上没有一丝农村女孩的"土气"，给人的第一印象就好像来自城里，或许是在外读书受的影响吧。

章杰也很勤快，进家就没把自己当客人，里里外外一直给母亲打下手，尽管母亲嘴里唠叨着让她什么也不用管，快去屋里歇着之类的话，却还是能感觉到希望章杰能围着她多转会儿。

吃完晚饭，母亲开始有意无意的和章杰聊起了她的家庭。

关于章杰的家庭情况之前我是一无所知的，那也不是我要关心的。因为母亲的娘家和章杰的家在一个村，所以，当章杰说出他父亲的名字时，母亲一直挂在脸上的笑容不知道为什么凝固住了，之后甚至连我都能感觉到母亲的态度有了巨大的变化……

吃完晚饭是我送章杰回家的。我们两个村子就隔一条马路，本来是有一条乡间石渣路相通的。章杰说反正也不急，不如正好随便走走。于是，我推着她的自行车，顺着一条小路送她回家。章杰开门见山地告诉我，她感觉到我母亲对她的态度的变化了。说其实她早就习惯了别人瞧不起她的家庭，她自己也瞧不起，但生在了这样一个家庭，她没有选择。

半路上，是个近百亩的果园。里面有桃树、梨树、苹果树。很多的果树已经开花了，夜晚的春风习习拂面，淡淡的花的清香沁人心脾。

章杰边说边示意我一起在路边的垄沟沟垵上坐了下来。她第一次和我讲起了她的家庭。

章杰的家庭很复杂。母亲是离婚后嫁给的她父亲。之前她母亲在那边生了四个孩子，两个哥哥，两个姐姐。嫁给她父亲时，带过来最小的那个哥哥，之后生了一个姐姐和她。由于父母都是脾气古怪的人，她这么多年就是在旷日持久的父母的战争中长大的。姐姐虽已出嫁，但是个精神病，经常跑回家里闹，每次都会在家里摔打东西。那个哥哥尽管接了父亲的班儿，成了唐山水泥厂的正式工，到现在还没结婚，没人给他提亲，没有谁家的女孩敢嫁到她家。尤其是父母都不会为人，在村子里不和任何人来往，所以一点人缘儿也没有。村子里的人更多的是对她父母的反感。她没有奢望能在当地找到自己的归宿，甚至也想和她的一个同学一样，通过报刊征婚的方式远嫁他方。当时的确开始流行通过报纸杂志登征婚启事了，然后相互通信交流，就真的能走到一起。

章杰告诉我，在她的内心里一直渴望着能真正得到亲情的温暖，她太需要亲情的温暖了。但这对她来说又太难了，没人能够理解她的孤独和无奈。骨子里清高的她只能在心里偷偷地流泪，在别人面前又强装出对什么都不屑一顾。

借着柔和的月光，我能看到章杰边说肩膀边抖动着，两行晶莹的泪花滚动在细腻的脸颊上。她努力控制着自己不哭出声音。

不知道为什么，我不自觉地把章杰揽在怀里，轻轻地拍着她柔弱的肩膀。我不知道如何安慰她，只是就这样坐在垄沟的沟坎上拥着她，吞吞吐吐地告诉章杰："没事的，家庭是家庭，你是你，我知道你人好，让我和你一起共同来面对……"

皎洁的月光下，我替章杰擦去脸颊上的泪花，用力地拥着她。我想让她感受到关爱的同时，忽然觉得自己原来也是如此需要。

那是我第一次和女孩如此亲近，那是我第一次如此真切地将一个女孩拥入怀中。我不知道这是否是爱情，但我拥着这个女孩的时候就下定了决心，我要照顾她一生一世。

没想到，家里所有的人都反对我和章杰处对象。尤其是母亲，她说她太了解章杰的家庭了，她接受不了这样一个家庭出来的人。母亲告诉我，她接受不了一个在庄户上一点人缘没有的家庭，这样家庭里成长起来的孩子，一定也好不到哪里去的。母亲说即便我搞不上对象，也绝不能娶这样人家的女孩，更何况以我家的条件一定要挑一个门当户对的。

我没有更多的和母亲犟，而是相信自己的眼睛，我知道章杰通情达理、朴素善良，本来我还没有确定和章杰要怎么样，现在我下决心了，我就娶这个女孩。我相信母亲一定会慢慢接受章杰的。毕竟我娶的是章杰，不是她的家庭。我用自己的无言对所有反对者进行着回击。

谁知春儿的反应一点也不比母亲差，居然在这件事情上和母亲结成了统一战线。

更出乎我所料的是，当着母亲的面，直接否定了我和章杰谈恋爱，但我能听得出春儿不是和母亲一样不接受章杰的家庭、不认可章杰，只是告诉我："不要那么不害臊，早早地搞什么对象啊！"

我白了一眼春儿："男大当婚，什么叫不害臊啊，你也老大不小了，别掺和我的事，好好想想你自己吧！"

哪知春儿狠狠地瞪我一眼："我才不呢，我就在家陪老妈，哪也不嫁，你也不许，听到没！"

我晕，连老妈听了这话都一脸的困惑。这丫头何出此言啊？好在是限制我和章杰的交往，老妈也没有往别处去想。

而我却真的下定了决心，自己的婚姻大事自己做主。

没有花前月下，没有卿卿我我，就为了一句我向她说的"让我们一起面对"，我和章杰建立了恋爱关系，其实我和章杰是没有恋爱的恋爱。

我不会恋爱。以至于此后多年想起来，本应浪漫的时光里，我和章杰没有任何可回忆的浪漫情节。就是那样平平淡淡地相处，两个人一如既往的同来同往，一路上回忆我们的青春时光。

有一次，走在半路上，章杰说累了，想在路边的一片绿油油的小树林边休息会儿，不解风情的我居然说不远了，早点回家吧，还能帮家里做点事。当时浑蛋的我甚至都没有留意到章杰一脸的失落……

大秋之后，村西的唐柏路边忽然热闹了起来，说是镇政府要出资建一个钢厂，真没想到家门口也要有工厂了。

更没想到，这个马上要筹建的钢厂，不但结束了我在荣华制线厂的"壮工"工作，还让我有幸参与了这个工厂的兴衰发展的进程之中，见证了唐山遍地钢铁业的兴起及乡镇企业改制的时代变迁。

知道建钢厂的消息最早是从征地开始的。

唐柏路边的土地几年前已经分配给了各家各户成了三十年不变的承包地，所以，乡政府首先是结合村委会和涉及占地的农户进行协商补偿。还没有适应土地承包权的村民们没有更多的想法，或者说在他们的思想里还有着强烈的集体色彩，政府要占地，谁也没有去想太多的问题，倒是爷爷和他们产生了巨大的分歧。

村委会，征地小组的成员召集相关土地承包户协商征地补偿方案。村主任眉飞色舞地告诉大家，天上掉馅饼了，我们的承包地一年两茬庄稼，除了种子化肥，加上"三提五统"要交的费用，自己的工夫含在内，一年下来累死累活一亩地能剩200元的收成就不错了，现在钢厂要占用，每亩地直接给200元占地费，一年一结算，这样一来，大家每天躺在炕头上不下地就有收成，旱涝保丰收，多好啊！

当众村民纷纷点头，美滋滋地向往着不再种地就能每亩白捡200元的收成时，爷爷手里不停地旋紧着卷成了锥子把儿的旱烟，忽然放到嘴边，伸出舌头在烟纸的末端轻轻一舔，顺势含在嘴里一转，然后揪下最上边的已经拧成的那个纸梗，把烟点燃，深深吸了一口："我看这事大伙不要想得太简单了，我寻思着有这么几件事要想到了，这第一呢大伙别忘了，承包地现在是各家各户的没错，但我们只是有资格耕种，承包期内给大家补偿多少是一回事，我们不能顾脑袋不顾屁股，承包期到了，这占了的地算谁的？我想第二呢就是看样子这地是越占越多了，将来大伙和孩子们的口粮地越来越少，靠啥吃饭？我们庄稼人没了口粮田咋维持生活？第三就是按村长的话，天上掉馅饼，挨着占地的得了，没挨着的咋办？按说呢乡里办工厂是好事，咱老百姓不能出难题，大伙想想我说得有没有道理吧。"

听完爷爷的话，乡政府来的一个干部赶紧掏出一盒过滤嘴的烟卷，取出一支递向爷爷："您老的担心多余了，要相信政府会处理好所有问题的。"

爷爷向那个干部模样的人摆摆手："我可抽不了你那洋烟，还是我自己的旱烟实在、过瘾。你说得没错，庄稼人不相信政府相信谁？但关键这不是政府没个说法不是？"

几个村民耐不住了，纷纷站起来："老队长，你咋想我们也管不着，反正我们同意了，只要每年按时给钱就中啊，有啥可啰唆的，赶紧的签字按手印。"

于是在爷爷不停地一口口旱烟缭绕的烟雾中，大家迫不及待地在占地合同上纷纷摁下了自己鲜红的手印。

爷爷的工作是几天后被做通的，一是大伙都签了，自己拗着不合适，再者村主任说了，钢厂一建成，可着咱村子招工，大伙都去了钢厂上班，还愁没收入？爷爷听了觉得似乎主任说得有道理，只是自己想得太多罢了，政府不会亏了老百姓的。

随着施工大军的进入，工厂也开始招兵买马，听说第一批的技术工人招聘要求是高中毕业。

我怀揣着自己的高中毕业证走进了筹备办公室。那是两间临时搭建的简易房，里面挤着几张办公桌，墙上挂满了建设的施工图纸，不时有戴着安全帽，身穿工作服的人在匆忙中进进出出。

我不知道找谁，这里没有明显的指示标志，索性进到办公室直接道明来意。当一个六十岁左右，鼻梁上架着一副老花镜，像是电视剧中账房先生模样的人递给我一张简历表让我填写时，一个中等偏上，五十岁左右，长得白净富态的男人凑了过来问我："小伙子是高中毕业？"

当我点点头之后，他略带怀疑地问我是真高中还是假高中，我从衣兜里掏出我的高中毕业证递给他，让他查验。

当这个好像领导模样的人看到我的毕业证上盖着丰城一中印章的时候眼前一亮："没想到还是一中毕业的大学漏，小伙子，你被录取了。"

看来他是被我的真实学历吸引了。我连忙点头感谢时，他忽然又说："上班没问题，不过我要给你加试一道题，看看你这高中的文化是否货真价实。"

我反问："考我什么？"

这时，那个账房先生模样的人凑了过来向我介绍："小伙子，是骡子是马好好遛遛，咱们李厂长加试的题目还没人能过呢。"

原来那个人真是个领导，考就考呗。李厂长朝着"账房先生"示意，"老卢，给他拿纸和笔。"

接过"账房先生"老卢的纸笔，我等着李厂长出题。李厂长不紧不慢地说，"你就给我写带'兵'字的成语，给你半个小时，能写几个写几个，不怕你写得多，开始吧。"

此时老卢还像模像样地抬起了手臂，看了看腕子上的手表计时。我心中窃喜，李厂长的题撞在我这个枪口上了。

我拿起笔，沉思片刻，开始把浮现在脑海中的带"兵"字的成语一个一个地写在纸上。或许是当时大家都没什么事情做，随着我写的越来越多，围在我身边看热闹的人也越来越多。十几分钟的样子，我写满了老卢给我的那张十六开的信笺。

当我还想找老卢再要纸的时候，李厂长示意我可以了，并带头鼓起了掌。李厂长兴奋地说："这小伙子思维太敏捷了，脑子里有东西。"

大家纷纷跟着附和，并拿着我的"试卷"传阅着。李厂长的情绪似乎被我调动了起来，拍着我的肩膀说："小伙子，我还要在为难一下你，在你写的这么多成语中，我最喜欢'兵不厌诈'了，你把这四个字给我用在商业竞争上，看改成哪四个字。"

我直视着李厂长脱口而出："商不厌奸。"

这时满屋子的笑声。

李厂长也哈哈大笑，摇着头说："你这个答案我只能给七十分。"

我问为什么。李厂长告诉我，他的标准答案是"商不厌骗"。

此时的我似乎忘了自己的身份，居然和这个李厂长理论了起来："我的'商不厌奸'是有出处的，取自于'无奸不商'。"

李厂长的笑声更爽朗了，看到我认真的样子，围拢着的人也都笑了。

尽管当时在改革开放的大潮的时代背景下，一些所谓的"精明人"开始绞尽脑汁钻空子，早已把"诚信经营"抛在了脑后，但我着实不敢认同。商不厌骗，只是以李厂长为缩影的个别人在当时生产经营中的一种短视思维，尽管可能得到了暂时的利益，但随着改革的深入，这些人其实都是付出了惨痛代价的。社会永远需要诚信，唯有诚信方可立世。

当李厂长告诉我，今天就可以上班的时候，坐在最里面办公桌上的一个人给打住了："李厂长，先让他回去等通知吧。"

看来这个人比李厂长官大。

李厂长有点不好意思了，上前两步对那个人说："孟乡长，当着这个小伙子的面我夸他，是有点不合适，不过的确是个可塑之才。我有点着急了，你看就让他到我供销科吧。"

那个被称作孟乡长的人没多说话，一边在本子上写着什么，一边头也没抬地回答："先让他回去吧，等通知。"

老卢凑过来，"小伙子，先回去吧，过两天等通知吧，回吧，回吧。"

没想到当天晚上便有人骑着自行车专门找到我家，通知我第二天早八点到厂里报到，直接找孟乡长。

找到孟乡长报到，他单独给我做了安排。

孟乡长的意思是说我年轻，可塑性很大，前一天那个面试我的李厂长是主抓经营的副厂长，想让我去供销科做业务，但作为一个有文化基础的年轻人，还是应该踏踏实实学些技术，这样有利于将来的更好发展。

这次谈话中，我知道了孟乡长是被从县城轧钢厂聘请过来的，那时候各个乡镇都在大力发展乡镇企业，尤其在丰城，如果一个乡镇上马一家钢铁企业，那这个乡镇的经济就会快速得到提升发展，所以，作为被挖过来的条件之一，他在乡里挂了个主抓工业的副乡长职务，在这里的主要工作还是厂长，负责这家钢厂的全面管理。

我听从了孟乡长的安排，被分配到了质检技术科，学习轧钢质检。当然，在学习的同时，也要跟着进行设备的安装调试，厂房建设的进度和设备安装是同步进行的。

随着学习了解，我才知道这两年全国大搞基本设施建设，丰城遍地兴起了大建快建钢铁厂的项目建设，一个乡镇没有几家钢铁厂好像就不是合格乡镇似的。当时在整个县里，最具规模的就是煤河镇的老轧钢厂和银城轧钢厂等几家成型的钢铁厂。我所在的在建钢厂是丰城轧钢五厂。

这里的一切都是那么新鲜陌生，对我又充满了无限的期待。

章杰自己一个人还要去唐山上班，我放心不下，便开始帮她留意合适的岗位。没想到，章杰的工作还没落实，最让章杰着急的他哥处上对象了。介绍人是她的一个远方亲戚，那个女人也是三十来岁，据说是因为这些年挑来选去的耽误了。双方见过面之后就紧锣密鼓地筹备结婚了。本来是应该高兴的事情，但却高兴不起来，因为家里只有三间房，哥哥要结婚，自己总和父母住在一起也不方便，于是便没有了她的空间。

我连想都没想，就给自己出了主意，我们也结婚。

如果说章杰他哥的婚事很仓促的话，我和章杰的婚事就是出乎所有人的意料，并且在一片反对声中进行的。当我向父母提出准备结婚时，首当其冲反对的还是母亲。

我只能劝母亲，我了解章杰，让她不要再总纠结什么门不当户不对。我自己的婚姻我知道怎么面对，只要我不在意章杰家庭的那些东西，我相信我们生活得会很好。虽然后来在我的坚持下父母没有再执意反对，但我们的婚事还是简单得不能再简单了。这倒让章杰轻松了很多，她不愿意热闹，就让我骑辆自行车把她接过来，两家人在一起吃顿饭就好了。

结婚我们谁也没有请。由于厂里进入了紧张的设备调试阶段，我经常要出差，连我俩结婚的衣服还是在结婚前两天我去天津采购化验设备时顺便买回来的。不过我还是提前把结婚的消息告诉给了也和柳郁一样考入唐山师范学院的吴小莉。在我结婚的时候收到了柳郁寄给我俩的祝福。

柳郁在我结婚前几天专门来了厂里一次，送给我一对大红的梳妆镜子，背面嵌着两只毛绒的小花猫，活泼、可亲。我相信那是柳郁用心为我俩特意挑选的结婚礼物。

在包装梳妆镜子的盒子里，压着柳郁简短的一封信，那是她发自肺腑的对于我俩的结婚祝福。

章杰、俊杰：

　　你们好，只能奉献一颗鲜红的怦然而动的心，遥远的
祝福你们新婚幸福，一生幸福，直到永远永远……

　　我愿送上一首裴多菲的诗，祝愿你们忠贞的爱情。

柳郁

1992 年 1 月 17 日

我愿意是急流

我愿意是急流

山里的小河

在崎岖的路上

岩石上经过……

只要我的爱人

是一条小鱼

在我的浪花中

快乐地游来游去

我愿意是荒林

在河流的两岸

对一阵阵的狂风

勇敢的作战……

只要我的爱人

是一只小鸟

在我稠密的

树枝间作巢鸣叫

我愿意是废墟
在峻峭的山岩上
这静静地毁灭
并不使我懊丧……
只要我的爱人
是青春的常青藤
沿着我荒凉的额
亲密的攀缘上升

我愿意是草屋
在深深的谷底
草屋的顶上
饱受风雨的打击……
只要我的爱人
是可爱的火焰
在我的炉子里
愉快地缓缓闪现

　　我和章杰结婚了，没有蜜月，我只是给了她一个属于自己的家。

　　结婚当天，参加婚礼的只是些最亲近的亲友，虽说母亲极不满意，但还是张罗了几桌酒席。干妹妹小玉、同学程峰、吴小莉等都过来了，虽简单，我和章杰都还满意，因为我们要的只是一个家罢了。但谁也不曾料想，热闹的结婚现场却唯独少了春儿！

送走了客人，一家人你问我、我问你，居然谁也不知道春儿去了哪里。于是大家分头去学校、去春儿可能去的地方寻找，结果都没有发现她的踪影和消息。

还是章杰在收拾大家送的礼物时，无意中打开了春儿送给我们的那个结婚礼物包装盒，才知道我们所有人都忽视了春儿内心真实的感受。

春儿送给我们的结婚礼物居然只是一个用红丝带扎起来的空盒子。盒子里面没有任何礼物，却有一封写给我的信。信封上是春儿一手漂亮的飘逸的几个小字：二哥亲启。

打开春儿留下的信纸，我的眼角瞬间淌下了温热的泪珠。

二哥：

请原谅我在你的婚礼上不辞而别！本不想让任何人，包括你知道为什么，但我最终还是说服我自己，应该也必须给你，给爸妈一个交代。

知道我为什么反对你处对象吗？

知道我为什么在你放弃复读后撕毁我的大学录取通知书吗？

知道我为什么不愿意小玉姐做妈的干女儿吗？

146

知道我为什么这么多为什么吗？

今天我以这样一种方式回答你：我爱你！！！

十几年前的地震中，我失去了所有的亲人，在我最无助的时候，是你紧紧攥住了我的手，是你紧紧地给了我最温暖的拥抱，让我找到了最单纯、最踏实的生的希望。十几年来，我得到的爱不比任何一个家庭完整的孩子少，我爱这个家，我爱爸妈，更对你有着任何人也取代不了的依赖，一直期望我会成为你的妻子，和你一辈子在一起，但是内心自卑的我却从来没有勇气和你讲、和爸妈说，尽管这种感情一直折磨着我，但之前内心之中我也一直享受着这份折磨，今天你新婚之时，也是我绝望之日，我无法接受这样的场景。

我恨你！

感谢父母十几年的养育之恩，春儿无以为报，更不敢期望爸妈的原谅。

就当十几年前我就没来过这个家吧，就当我在那场地震中和我的家人一起离开了吧！不要找我，更不要担心我，我只是找一个陌生的地方继续我的生活。

别了，我爱你们！

春儿　即日

一家人都沉浸在了一种莫名的自责之中，但谁又能说清这种所谓的自责不是自欺欺人呢？没有人伤害春儿，一家人都那么得爱她，但是春儿的出走，却给这个家庭的每一个人带来了伤害，抑或说春儿自己给自己带来了伤害。这伤害源自那场大地震，难道多年前的那场大地震的伤害还要延续吗？难道所有人的爱还不足以抚慰自然灾害对于人们的心理伤害吗？

春儿走了，结束了短暂的混乱，大家回归了各自的生活轨迹。我也全身心投入了钢厂紧张的工作之中。

一个在高中学文科的人，忽然要重新接触化验。这就是很多时候真正走向社会后的学非所用吧。还好，我对化学还是有些基础的。整个化学实验室、物理实验室的设备采购、安装、调试，都是在科长的指导下完成的。

我们科长姓郑，丰城县城人，之前也和孟乡长一起在县轧钢厂工作。这次筹备，孟乡长从老厂那边带来了十几个不同岗位的技术人员和管理人员。据说孟乡长是个非常务实的人，但在丰城轧钢厂因为种种原因一直倍受排挤，正好赶上草泊乡这边上马项目，经某位县里边的领导介绍就被请到这里当厂长，况且在当时的背景之下，各级政府把发展经济放在了全部工作的首位，对于能够推动发展地方经济的能人往往是破格提拔重用。所以，孟厂长来到草泊乡，自然也免不了给了一个主抓工业的副乡长的位子。

当然，除了政务性需要之外，孟乡长的工作重心还是轧钢五厂的厂长。听说孟乡长在老厂时一把手的用车是一辆大尾巴标志，过来后，厂里买的第一辆车也是大尾巴标志轿车，好像是通过坐骑也要向世人证明其一定不会比在老厂差！

郑科长是被孟乡长从老厂带过来的管理人员之一。郑科长当时年龄不大，三十来岁的样子，尽管平时很严肃，但对我还算不错，很多事情都能给我学习锻炼的机会。尤其是他喜欢喝酒，酒量又不大，经常中午喝了酒，下午就不知道躲到哪去睡觉了，这样，很多质检技术科的日常工作都让我有机会接触。这是最好的学习锻炼机会。

丰城轧钢五厂如期正式生产了。

我被安排在轧钢车间做了一名质检组长，负责带领三个质检员对车间生产的螺纹钢进行质量检验。

虽说那时候当地的钢厂除了唐钢对钢材的材质严格按照国家标准进行质量把控之外，其他所有的地方企业都是用最原始的工艺进行生产。但全国各地轰轰烈烈的基础建设对建材大量的需求还是让每个钢厂的产品供不应求，甚至工厂还没生产就收到了大量的预付货款。

炼钢车间使用的是一座三吨的工频冶炼炉和一座五吨的电弧炉，生产的钢坯还是敞口坯，质量相当不稳定。所以轧钢车间的出厂产品质量把控就显得尤为重要了。当时的两个轧钢车间分别是一套 250 轧机和一套 400 开坯配 300 轧机，主要生产 12~25mm 螺纹钢。

钢坯的化学成分我不负责，但我还是带领三名质检人员三班倒严格控制了螺纹钢的外观尺寸和物理性能。

第一批成品出厂的时候，一捆捆被装上汽车的螺纹钢得到了客户的高度认可。

正月十五，大家都还沉浸在过年的气氛之中。

吃完晚饭，我骑上自行车来到厂里。从开工以来我就养成了这样的习惯，尽管我是常白班，但包括我在内的所有质检人员都是新人，为了尽快熟悉岗位，每天晚上我都要回车间再巡视两个小时，为的是多学点东西。

进工厂大门左拐 50 米，就是第一轧钢车间的成品精整工段。当我拿着卡尺弯腰测量成品的几何尺寸的时候，一辆难得见到的日产三菱吉普车直接停在了车间门口。

车上下来两个穿着草绿色马裤呢军用大衣的人径直走进了车间，指指点点的在看精整打包的螺纹钢。

车间灯火通明，走在前面戴眼镜的那个人不就是高一军训时检阅我们的那个县委书记吗？果真是他！我想都没多想便迎了上去，"王书记，过节好，您怎么这个时候过来了？"

王书记主动和我握手告诉我，他去参加了一个灯会，回来顺路进来看看生产情况，也向坚持生产的工人们拜年问候。我说是否去找一下值班领导，他说不用了，就让我领他随便看看。

我便主动带着王书记参观了每一道生产工序，其间王书记都能非常专业的询问每道工序的生产工艺，这是我没想到的。甚至钢材的化学成分他都能清楚准确地说出来，一个县委书记，能够对钢铁行业了解得如此精透，不得不让我佩服。

送走了王书记，厂里的工人都向我投来了异样的目光。原来他们中很多人也认出了王书记，毕竟每天丰城电视台的新闻中都能看得到。大家追问我怎么认识县委书记、县委书记和我什么关系能主动和我握手等。我说人家不认识我，我和他没关系，居然没人信！

第二天全厂都知道了。说我在县里有关系，我和县委书记可能有亲戚。县委书记来厂里，厂里的负责人连见都没见，直接安排我陪的。弄得我越解释大家越感觉我和王书记有关系，只是在故意隐瞒罢了。

真的要感谢每天醉酒的郑科长，科里很多事务性的工作及上级主管部门的办事人员接待基本都交给了我。我开始大量地接触市县两级工业管理委员会、冶金工业局、标准计量局等机关部门。

尤其是企业进行"三级计量"认证，需要大量的软件材料准备和硬件设备的完善检定。全厂范围内的仪器仪表、计量器具表都要登记在册，建立台账，校验检定。

这让我有了更多的机会去和相关部门打交道，锻炼自己的沟通能力和解决问题的能力。由于自己初生牛犊不怕虎，我什么单位都敢进，哪个部门的人都敢找，加上人家都照顾我。所以，当"三级计量"认证顺利通过时，越来越多的人感觉我在上边"有关系"了。

在"三级计量"认证的过程中，我找机会把章杰安排进了磅房，做了一个过磅员，虽说需要三班倒，但还算清闲，终于不用让她每天再往市里跑了。

更高兴的是"三级计量"认证结束，我被提拔为副科长，毕竟来到这里仅仅半年的时间。同时，单位成立了党团工会等组织，我被安排为厂团支部书记。

我在这里的发展顺风顺水。

当然，在一个近 600 人的企业里，比之前在几十个人的荣华制线厂来说，我所面对的人群越来越复杂，想不到的事情也越来越多，我知道，这才是我真正意义上的走进了社会。

> 美好的过程
>
> 火的烧灼，是一种青涩的痛苦
>
> 痛苦的燃烧，才是生动的壮剧
>
> 那青灰色的钢铁之魂
>
> 在火中是怎样痛苦而欢乐的呼叫啊
>
> 也伴有沉重而轻松的喘息
>
> 火中修炼如同洗澡
>
> 那一切经不住烈焰的稀松杂质
>
> 如同污垢从钢铁身上冲刷下去
>
> 剩下的，便是冷峻的美、坚毅的毅力
>
> 任何悲壮的痛苦都不会孤单无伴
>
> 远近之间总会有英雄陪你
>
> 因为艰苦的塑造不会独自完成
>
> 必须借助外在强悍的力量
>
> 于是在钢铁于火中挣扎的时候
>
> 有人在炉外弄火，朝着炉口

把力量投进去

把思想投进去

把意志投进去

帮助钢铁演一场升华壮剧

然后，握住钢钎

抓紧人生的庄严

那姿势，少有的生动

给予的姿势，都这般壮丽

连额上析出的汗水都很美

被火花镀成金黄珠串

宣泄着一种伟大的孕育

　　一次，我值夜班。所谓值夜班就是厂委会为了能够及时处理夜间发生的突发事件，安排副科长以上人员在厂里值守。

　　我一般在值班的时候很少早早睡觉，而是会到各个车间里去转一转，在生产工序上和一些老工人卷支旱烟，聊聊天，或者在车间办公室里听一听大家对于厂里生产情况的意见建议。每每在聊天的过程中，大家谈论最多的是对那些从县城里请来的管理人员的不满，那些人不但在日常经营管理中吃拿卡要，还在很多项目和业务中吃回扣，拿好处，中饱私囊，并且形成了严重的派系，很少能有当地人被提拔重用。更有甚者，那些人居然在厂里厂外就知道瞄着哪个大姑娘小媳妇漂亮，然后不择手段地搞到手。

总之，企业大了，什么样的人都有……

我不关心这些，这些离我太遥远，我只知道做好自己的工作。

零点交接完班之后，我回办公室睡觉。

当时的办公室里四张办公桌，两两相对，我和科长的对面，旁边两个是统计员和计量员的对面。最里面是两张单人床铺，行李都是统一发的，用于平时休息和值班睡觉用。

我推开办公室的门，懒得开灯。一般我都是在出去的时候拉好窗帘，铺好床，回来直接倒在床上就睡。不想当我走到床边的时候，尽管办公室里光线暗，但我还是感觉床上躺着个人，着实吓我一跳。

我赶忙打开了办公室的灯，灯光下的床铺上躺着的居然是机修车间的一个叫咪咪的女孩。

咪咪二十岁左右，长得的确不错，平日里打扮得花枝招展，还经常把嘴唇涂抹的鲜红鲜红的，让人一看就觉得风骚的样子。

咪咪没有睡，示意我不要出声，然后小声说让我把灯关掉，她要和我一起睡。

此时我才发现，咪咪早已经脱了衣服在被窝里，甚至胸罩就放在床铺边的椅子上。

我愣了几秒钟，浑身打了一个冷战，立时清醒了。我厉声训斥着她，让她赶紧穿好衣服走人，然后我快步走出了办公室。

还好，那个咪咪走了，我自己在办公室前的花坛上坐到了天明，吸了大半包的烟。不知道自己在想什么，也不知道应该想什么。只知道我突突的心跳，久久没有平静下来……

后来知道，当时很多女孩子爱慕虚荣，为了能在企业里找个靠山，谋得一份清闲的美差不惜一切手段，甚至美色来寻找机会。我没有提供她们想要的结果的能力，我更有自己的年轻的妻子。所以，我还是把这样的机会留给更有需求的人吧。

不得不承认，不时地就会有某某女孩被调到了办公室，分配在各个科室里边，看起来春风得意，因为她们得到了自己想要的。

乡镇企业的大量涌现，也刺激了很多人在这经济发展的大潮中寻找着原始资本积累的捷径。企业不成熟不健全的管理体制更为一些"敢想敢干"的人们提供了"挣大钱"的机遇。

一天接到厂办通知，要求我们科室在第二天校验厂里的三十吨地磅，而且要保密。

这台三十吨地磅是厂里原材料进厂和成品出厂的唯一计量设备，章杰就在这个磅房上班。

按照当时的管理体制，设备归质检技术科管理，过磅员归财务科管理，下设磅房主任、两个监磅人员和三名三班倒的司磅员。按正常程序，我们科定时会对设备进行日常性校验的，厂办通知还是没有过的事情。我没有多想厂办如此要求是出于什么目的，权当是安排的一项工作进行了布置。

不承想，我的没有多想居然给章杰带来了一场"噩梦"。

那天章杰上的是白班，磅房人来车往看起来各项工作正常进行着。

三辆满载着废钢的四轮拖拉机依次上磅检重之后，加大油门，烟囱里冒着黑烟向料场驶去。厂办主任马上通知我们校验地磅。

我带着两个计量员进入磅房，按照程序例行检测完毕，确认设备正常。

这时，刚刚驶向料场准备卸车的那三辆拉着废钢的四轮拖拉机被几名保安指挥着，又回到了磅房重新检重。结果，每车重量都比刚刚磅检记录单上的数字少了一吨多。我的心咯噔一下，瞥了一眼坐在旁边的章杰。此时的章杰静静地坐在椅子上，脸上没有任何表情，连看都没有看我一眼。

厂办主任、安保科长把磅房所有的工作人员带到了办公室，我则被叫到了孟乡长的办公室。

此时，孟乡长、李厂长都已经在办公室里等我了。孟乡长开门见山地向我通报，昨天接到了举报，有人在交废钢的过程中，买通了司磅人员，内外勾结，弄虚作假，以少多过，厂里已经报案，公安局的人马上就到。

鉴于此事我不知情，但考虑到章杰和我的关系，还是希望我能够做做章杰的思想工作，让她如实交代，厂委会可以考虑从轻处理，否则真的交到公安局事情就大了。李厂长也嘱咐我一定要做好章杰的工作，竹筒倒豆子，一五一十地把都是谁参与了这件事交代出来。我说这件事自己的确不知情，但如果是真的，我绝不会包庇，否则，昨天通知我校验地磅，我就会通知章杰罢手。

在厂办会议室里，我单独见到了章杰。

我不相信章杰会做出这样的事情，我希望是她看错了数字。但厂领导们说的我又不得不相信，毕竟事实就摆在面前。章杰没有承认，她告诉我，自己也不知道怎么回事，如果不是设备出了问题，就一定是当时看错了数字。我再次确认，章杰斩钉截铁的回答我自己没有监守自盗。

我向厂领导反馈之后，孟乡长无奈地摇摇头说，那只能让公安局调查了。

我倒更愿意公安局给一个结论，还章杰一个清白。

果然，公安局来人，对磅房的每一个人进行了询问，逐一做了笔录，章杰告诉公安局的人，就是枪毙她，也没有监守自盗。

最后不知道是公安局什么也没问出来，还是其他什么原因，这件事就不了了之了。但厂委会统一把磅房的所有工作人员都进行了岗位调换。章杰被调到了质检技术科下属的化验室，做了一名化验员。

事情告一段落之后，章杰才向我说出了实情。

不单是她，磅房的所有人都参与了这件事情。当时，县城里几个交废钢的人私下找到她们，威逼利诱，那些人手里都有枪，说要是不配合的话，他们就会在半路上打折她们的腿。临走，给每个人甩下了 2000 块钱，说厂领导都是县城里的人，他们是一码事，要磅房这几个人看着办。当然，那些人出手还是够大方的，2000块钱，那是过磅员近两年的工资呀。章杰为了不让我担心，一直只字未提。

再后来，我还原了为什么厂委会没有再追究的原因。

原来，厂委会里绝大多数都是县城过来的人，他们心知肚明，追究太深，也会涉及交废钢的那几个"黑社会"，没人愿意为了公家的事得罪这些人。再者，磅房里的工作人员除了章杰，都是乡镇领导安排的人，所以，只能拿章杰开刀做做样子。结果章杰居然咬紧牙关什么也没承认，反倒没有让厂领导们为难，阴错阳差地给领导们解了围。所以最后只是对章杰做了岗位调整。

我没有向章杰发脾气，只是告诉她，我俩是最亲最近的人，无论遇到什么事，一定要告诉我，我会和她一起面对。我不知道我是否应该佩服章杰，因为我想当我面对公安局的人的时候，一定做不到她那样的镇定自若。

无论对于章杰，还是对于我，这件事成为人生历程中无法挥去的一道印记，更是初入社会的我们最可值得总结的一次教训。每个人都可能会犯错误，或许主动，或许被动，无论怎样，都应该学会面对、承担、总结、提升。生活中跌一跤其实不可怕，可怕的是跌倒了再也爬不起来，或者爬起来还跌同样的跤。人生没有侥幸，更不能自欺欺人。章杰明白了，我也明白了，我们相互鼓励着，扶持着，以更积极阳光的心态面对着坎坷人生。

　　为了防止磅房再次出现那样的事情，我向厂委会提议，将人工操作的机械磅改成可以及时自动打印的电子磅。很快，在人员调整后的不长时间里，磅房的设备升级改造顺利完成。从某种意义上堵塞了一些人最原始的作弊途径。结果，导致磅房发生了一件更让我震惊的事情。

　　磅房新来的董主任是从乡政府调过来的，之前是个土地员，四十多岁，花白的头发，平时很少说话，第一次见面就会给人很稳重的感觉。

　　随着厂里生产规模的不断扩大，原材料进厂检斤的任务也更重了。尤其是二炼钢车间需要大量的跑钢作为原料，这些原料都被一些社会上的人把控着。所以，能往厂里送跑钢的人一定是在社会上混的人。那天，当时在丰城早已经混出名声的外号叫作"二赖子"的人的货被董主任直接拒之门外了。因为车里面除了一部分跑钢外，谁都能看出里面掺了大量的钢渣、石块，这明显就是明目张胆的掺杂使假。当然，在那个时期，很多社会上的人都靠这种手段积累了大量的原始资本，为以后摇身一变成为所谓的企业家奠定了经济基础。

　　"二赖子"开着一辆212吉普车，径直闯到了磅房，随手握着一只双筒猎枪。"二赖子"一脚踹开磅房办公室的门，抬起那只双筒猎枪直接顶在了董主任的脑门上："你他妈找死，我的货也他妈敢不收？"

　　当在场所有人都吓得不敢大声出气的时候，董主任却面不改色心不跳，慢条斯理地回应着，"你开枪吧，否则收了你的货我工作也一定丢了，丢了工作我也就活不了了。我的命没你的值钱，今天我死了，正好有人养着我的孩子老婆了。你要是感觉想陪我这条贱命，就开枪吧。"董主任说完站起身，冲着在场的人说："大家散散吧，该忙什么忙什么啊，别耽误正经事。"

董主任的表现反倒让"二赖子"不知如何是好了，气急败坏地抬起枪"砰砰"两下，磅房石棉瓦的屋顶顿时露了天儿，厚厚的灰尘在满屋子里弥漫开来。

那个"二赖子"依然不解气，跳上吉普车，把车开出厂区的大门，又朝着公路边上竖起的"丰城轧钢五厂"大铁牌子连放了几枪，一直到后来很长时间那个牌子撤掉，来往的人都能看到明显的子弹穿透的痕迹。

后来每当说起这件事情，我都会竖起大拇指，董主任不愧是共产党员！

当时的乡镇企业在这饱含着血腥的环境中起步发展的同时，也在不断地完善内部管理，提升企业软实力。

厂办下发了一则通知，说是为提升企业形象，拟面向社会征集厂徽，并提出了相应的要求，被选中使用的可获得 1000 元现金奖励。接到通知，我开玩笑的和同事们说，为了拿半年的工资，我设计一个，一定非我莫属。

果然，厂委会组成了评审小组，在几十件应征的作品里选出了三件作品进入了最后的评审。经过激烈地讨论，最后还是孟乡长一锤定音，我的作品被确定为丰城轧钢五厂的厂徽。我设计的厂徽是以英文字母 G 作为主图案构思的，我把这个字母进行了横向拉伸，右下角会意成一个 T 字母，主体结构形成了"钢铁"两个汉字拼音的字头组合，中间下半部分是半个圆弧，向上散发出表示阳光的线段和 G 的上半部相交，线段中心是一个圆圈，圆圈内含一个阿拉伯数字 5，表示轧钢五厂就像东升的旭日一样蒸蒸日上。整体构图简洁，寓意明确。

从此，公司对内对外的形象宣传都将这个厂徽作为标志推广开来。就连厂服、工作服都绣上了这个图标。在当时，能在丰城轧钢五厂上班，能穿一件带有这枚厂徽的工作服，都成了当地人的一种骄傲。因为毕竟企业效益好，员工收入高。

企业的三级计量认证给下一步进行质量、计量的提升打下了坚实的基础。

在当时整个唐山地区大上小钢铁的时候，不得不佩服厂子的主要领导独到的发展眼光。那时候绝大多数的企业不求质量，只看效益，因为南方轰轰烈烈的开发建设需要大量的钢材，原来几家所谓的国有钢铁企业的产量连国家重点工程的需求都难以满足，加之多年以来形成的计划经济的思维，导致大量的钢材需求只能靠地方钢铁企业来满足，供不应求的市场下，"萝卜快了不洗泥"，产品质量成了一句空话。

当时有一次中央级的新闻媒体来唐山对钢材生产市场进行质量调查，当地一家钢铁企业的负责人面对记者关于产品质量的提问，居然满不在乎地回答："啥钢号不钢号的，能把钢坯轧成细条就行了呗。"

其实，这个负责人看似荒唐可笑的话，真实地反映了当时钢铁企业的生产状况，以及绝大多数人普遍缺失的产品质量意识。

孟乡长在厂委会上确立了"在发展中树立产品质量意识，逐步依托产品质量谋求发展"的经营思想。提高产品质量，生产工艺是关键，要生产真正符合国家标准的钢材，就必须引进先进的生产设备。为此，厂委会专门组建了"转炉筹建处"，负责项目资金引进，以及转炉炼钢厂的筹建工作。这得到了乡政府及上级政府的高度认可，通过市县乡三级政府相关领导的牵线搭桥，南海铝业、浙东省建材总公司、浙东喜家乐集团等纷纷把大量资金出借给了乡政府，专款用于转炉的建设。作为回报，当地政府除了给这些出资企业丰厚利息回报的同时，还优先享有钢材的采购权。有了资金，乡政府在厂子对面便流转划出 400 亩土地用于转炉的建设。

于是，大批的基建队伍进驻现场，如火如荼的转炉基础建设开始了。

作为软件质量保障体系的主要工作则是取得冶金工业部颁发的生产许可证。螺纹钢的生产许可证，在当时的唐山地区仅仅唐山钢铁公司持有，这是将来企业产品能够打进国家重点项目工地的通行证。作为乡镇企业能拿到国家最高管理机关的这个证书的难度可想而知，这个重任落在了我们质检技术科的肩上，更准确地说，是把这项工作交给了什么也不懂的我。

要想完成这项工作，必须先知道这项工作如何做。为此，我开始奔波于县冶金局、市冶金局、省冶金厅，因为之前就没有企业办理过生产许可证，最后，要想拿到取得生产许可证的流程，只能去冶金工业部。

能去冶金工业部，是我做梦也不敢想象的，尤其是自己一个人。可以说，冶金工业部的大门朝哪边开我都不知道。我是肩头扛着一张嘴去的，再大的机关也是人进的。

到了冶金工业部门口，第一印象是没有我想象得那么宏伟，除了大门口分别有两名武警战士站岗外，看不出有什么特别之处。传达室里是一个上了年纪的老头，问我找谁。我不知道找谁，只能道明来意，需要找一下质量监督司。那个老大爷抄起传达室窗台上的一部程控电话，联系了一会儿之后，让我在来客登记本上做好了登记，告诉我，质量监督司在四楼，去找一个姓仇的主任就行了。

仇这个姓氏是我之前没有听说过的，之后也没再遇到过，所以，这个姓氏给我留下了极深的印象。

冶金工业部的大楼六层高，应该是新中国成立前的老建筑，整个楼的墙面上爬满了青藤，青藤下面是透出强烈历史印记的青灰色墙面。在楼顶的中央矗立的旗杆上一面鲜红的国旗随着微风飘扬着。

进入紫红色的木质大门进入前厅，脚下铺着的依旧是紫红色的厚厚的木质地板，上楼的楼梯也是木制的，紫红色的。一直到四楼，很少见到人，每一间办公室里都挤满了办公桌。

找到质量监督司的门牌，敲门，找仇主任，一个四十岁左右，个子不高，戴着眼镜的中年男人从椅子上站了起来，客气地招呼我，居然还给我沏了一杯茶水，至今我还记得那杯水中弥散的花茶的清香。

这里的人都没有架子，尽管不熟悉，尽管我来自一个名不见经传的乡镇小钢铁企业，尽管那些人都是大衙门里做事的人，他们都能主动地向我点头微笑，然后各自忙着自己的工作。仇主任示意我坐在一个破旧的沙发里，然后把沏好的茶杯放在我旁边的茶几上，热情地询问我的来意。

我向仇主任汇报了企业的状况及想取得生产许可证的要求。仇主任很是支持，并表示他们会全力配合我们。并且，给我找来厚厚的一摞资料，告诉我，回去之后要按照这些资料里的要求逐一认真准备，硬件不用说，设备都要配备齐全，软件资料也要大量地准备，在准备完善软件的过程中，也是建立标准化生产工艺的一个过程。最后仇主任还把他办公室的电话号码留给了我，告诉我，在准备的过程中遇到什么问题随时可以给他打电话。

说实话，尽管我走进社会时间不长，但两年多的时间，尤其是在进入钢厂之后，经常和上级主管部门打交道，我从来没有感受到在冶金工业部这样的温暖。原以为机关越大，门槛会越高，办事会越难，不想，只是下边的那些办事人员把事情做得变了样而已。

如获至宝般的拎着装满资料的提包告别了仇主任，我在激动与兴奋交汇的心情中踏上了回程的列车。

能够顺利地从冶金工业部回来，拿到了那么多宝贵的资料，出乎很多人的意料。同时，厂子里更多的人确信了我在上边真的有关系，甚至几个同村在这个企业里上班的人还进行了演绎，说我的大伯父在北京教书，教的都是高干的子女，那些我大伯父的学生在哪个国家机关没有上班当官的呀。如此一来，再难办的事情对于我而言也都不是问题了。

为了充分准备生产许可证的验收工作，厂委会成立了"生产许可证验收工作领导小组"，我作为领导小组的副组长，负责日常的标准化生产工艺起草制定及对各车间相关岗位的培训组织，同时还要完善配套理化检验设备。当时，很多的物理实验、化学实验检测设备都要到厂家直接采购，这给我提供了多次出差的机会。

说实话，我给给章杰婚姻，但没有给她爱情，在这方面我对于章杰是有永远的愧疚的。

那次去济南试验机厂去订购液压式万能试验机，我便顺便带上了章杰。毕竟我们俩从认识到结婚，从来没有出去玩过，哪怕是市内的凤凰山、大城山公园都没有去过，甚至连一根冰块都没有给她买过。

对于济南的印象，来源于老舍先生的一篇作品，叫《济南的冬天》。老舍先生紧紧抓住济南的冬天"温晴"这一特点，描述的一幅幅济南特有的动人的冬景一直强烈地印在我的脑海，上学时便对"面上含笑的济南人"及"城与山浑然构成一幅完美图画"的这座城市充满了期待。只可惜，我带章杰去济南是在秋天，不想，秋天的济南更给了我们不一样的惊喜。

到济南试验机厂接洽万能试验机的采购事宜是很顺利的，在济南更多的时间我是和章杰一起在领略古城风光中度过的。在别人的指点下，我们来到了美丽的大明湖。

济南三大名胜之一的大明湖秋色宜人，垂柳穿上了泛黄色的衣裳，残荷在秋风里与垂柳争宠，超然楼矗立直插蓝天，湖水似明镜般好像在等待着冬季的到来，湖面上不时有野鸭穿梭在残荷与游船之间，鱼儿时而跃出湖面瞥一眼大明湖美丽的胜景，秋染的垂柳，倒立在湖水中，把大明湖装扮得异常优雅，我俩置身美景，以为大明湖避过炎热的夏天，还正倘佯在春的天堂里。碧绿的湖水中遥遥游来一只画舫，风吹杨柳翩翩起舞，小桥流水旁别致的亭台楼阁，白墙灰瓦中流露出古拙和精致，仿佛明清的一幅山水画。"大明湖畔闻秋韵，垂柳和风万缕金；残荷伴柳迎冬日，万叶悄声皆无恨；鱼跃鸭弛渡游客，深秋明湖常恋春。"

如果我没有记错，那是我俩这么多年来仅有的几次牵手中的第一次，第一次牵着手徜徉在秋天的大明湖畔。之后，我们就这样牵着手，欣赏了被誉为天下第一泉的趵突泉及千佛山。我对章杰说，就算给她补了一次旅行结婚……

当我还沉浸在对于济南之行的美好回味之中时，不想意外发生了。

那天下午，我刚好从车间巡视回来坐在办公桌前想整理资料，本村一个本家的哥哥满头大汗地闯进办公室，"坏了，四婶喝农药了，快，快找个车拉四婶去医院。"

"哪个四婶?"我条件反射般站立起来问他。

"快点吧，不然就没命了，是你四婶!"那个本家哥哥急促地催促着我，甚至上前一步拽住我的手，向外拉扯着。

找车，快带车去家里。我边想边向外跑出去。

正好，厂里的那辆五十铃汽车就停在办公室门口，开这辆车的司机是我们同村的汤玉文，我叫他姐夫。我一边喊着他的名字一边跳上车，不知道汤玉文是从哪个办公室里跑出来的，他以为是谁出了工伤，我告诉他是我四婶喝了农药，他也快速上车，发动汽车准备倒车的时候，办公室的卢主任追了出来，要我先填写出车申请。

"滚蛋，填你妈的啥，先救命!"汤玉文一轰油门，车冲出了厂区，冲向了四婶的家。

四婶家的门口围了很多的人，见到我带车回来，有人告诉我，四婶被用一辆三马子车拉着去稻地卫生院抢救了。我让汤玉文调转车头，便向稻地卫生院追去。

稻地卫生院作为乡镇卫生院，平时看病的人不多，老百姓更愿意有病去市里的大医院。

急救室里空荡荡的，只有两三个穿着白大褂的人收拾着东西。我问有没有一个喝农药的人来过，其中一个大夫向我摇了摇头，我以为四婶一定是转院了，不想那个大夫告诉我，人不行了，拉回家了。

尽管我不敢相信四婶真的死了，但回到家，我不得不接受这样的现实，四婶的确死了。

四婶的自杀是个谜，似乎没有任何人知道为什么。以至于娘家来人也没能说什么。活着的人们只能在困惑中想方设法地找个理由给四婶。

四婶一家四口。一儿一女。因为体制改革，四叔作为合同工刚被县供销社辞退在家。这对于一直以来能够有一份稳定工资收入的四婶来说无疑是致命的打击。当时两个孩子都在上学，闺女已经上高一了，四叔二尖瓣狭窄，有很严重的心脏病，不但帮不上农活的忙，脾气还不好，尽管一大家人在农活上都尽可能帮忙，但毕竟各家过各家的小日子，巨大的生活压力都落在了性格内向、不善言辞的四婶身上，加上之前做绝育手术落下了终身的毛病，也丧失了干重体力活的能力。除了地里的收入，家里没有了任何经济来源，眼看孩子们长大成人，早已习惯了之前四叔稳定收入的四婶明显适应不了了……

那天正是大秋之际，农活正忙。四婶收回了一车的玉米棒之后，还要忙着做饭，可能四婶是累了，一家人吃完午饭没收拾饭桌。其实农忙时，吃完饭没时间收拾饭桌普遍得很，根本不是什么事。但四叔还是唠叨了四婶几句。不想，四婶没有搭理四叔，扭头走出了屋子，没人关心四婶出去做什么，只知道四婶出去时间不长就返回屋子，拉着闺女王静的手说："把桌子收拾了吧，省得你爸唠叨。"然后告诉王静，她喝了农药……

四婶就这样走了，放下了一切。可能这种结果她计划已久，也可能是临时起意，不论是怎样一种情况，有一点就是四婶不用再为这个家奔波劳累了，再也不用为农忙累得晕头转向了，再也不用为长大了的一双儿女的未来发愁了，再也不用面对病病歪歪还总发脾气的四叔了。相信她在对家人的舍与不舍间所做的抉择不会太痛苦。

四婶没了之后，四叔卖了旧宅。新盖的房子就和我家对门，所以，我几乎每天都会过去陪陪四叔。因为我哥在天津铁路工程技术学校上学后被分配在了铁路上工作很少能回家，在家的同辈兄弟们中，我是年龄最大的，四叔也的确最喜欢我，当然也最能和我聊得来，后来我们爷俩就成了忘年交。

四叔喜欢喝酒，我经常带一两样小菜去他屋里陪他，边喝酒边听他对我的期望，很多时候我们爷俩就是一个黄瓜，或一个西红柿，然后每人一口杯散白酒，一口杯正好三两。

四叔要我一定争取机会，他说我有能力，这个家族要想在村子里被人瞧得起，我就要混出个名堂来。甚至希望我有机会要做个村干部，在把村子治理好的同时，也能让一大家子的人不受别人欺负。毕竟从我爷爷这辈活得都很窝囊，树叶掉下来都怕被砸了脑袋。

当时的我只能点头，告诉四叔我懂，我会努力。

果然，机会真的来了。

当时我所在的丰城轧钢五厂，因为那些从县城请来的管理人员只顾自己谋取私利，并且建立了巩固的利益集团，乡政府的主要领导都很难奈何他们，更不用说我们这些当地的基层管理人员了。最后，乡里的主要领导决定再建一个轧钢厂，培养锻炼自己的管理人员。

在这样的背景下，经过协调，由当时的乡教育办公室出资，筹备宏文轧钢厂。厂长是当时的总校长卢友明，把轧钢五厂负责经营的李厂长也调过来，还圈定了包括我在内的两个人一起参与筹备，让我负责技术。

这是我没有想到的，毕竟对钢铁这个行业我刚刚接触一年的时间，但乡里的主要领导给了我巨大的信心，告诉我只要想干，就没有干不成的，让我边实践边总结，领导们对我有信心。

四叔很支持，告诉我要有胆量挑战自己，机会不是每个人都有，更不是想有就有的。

就这样我离开了轧钢五厂，以质检技术科科长的身份，真正参与到了宏文轧钢厂的建设之中。

更让人高兴的是，此时，章杰怀孕了，一个崭新的生命和宏文轧钢厂的如期开业生产一起让我充满了期待。

宏文轧钢厂离家比轧钢五厂远了些，每天上下班要 20 分钟的时间。

因为工作性质较在轧钢五厂有了很大不同，加上筹备小组的人都憋了一口莫名的气或者是承载了某种历史使命的原因吧，我们基本上都是吃住在工地，白天黑夜连轴转，仅仅用了三个月的时间就完成了厂房建设、设备安装、调试。

正月初八，在一片震耳的鞭炮声中，轧机轰鸣，第一条没有依赖外援，完全由当地一群"土包子"自主生产的第一条螺纹钢，经过轧机一道道碾轧成 50 多米，像一条游龙顺着出钢槽冲了出来。两个甩钢工人分别用钳子夹住螺纹钢的两端，双手一抬，上身往后一闪，那长长的螺纹钢就被甩上了凉台。我一手掏出卡尺，另一只手接过一把钳子夹起螺纹钢的一头，测量外径、内径、横肋高、横肋宽、纵肋高、纵肋宽，几个质检员围在我身边看我给他们做示范，然后，分别按我的动作练习。

当我站在最后一道精整工作台上，向卢校长等人宣布工艺一次试车成功，可以连续生产的时候，大家纷纷相互祝贺，更多的人是充满了好奇，毕竟很少有人见过轧钢的过程。

因为生产之初我就对各班组相关岗位进行了严格的工艺培训，并制定了相应的操作规范及产品质量考核规定，全厂上下都能秉持质量第一的生产理念，开工伊始，宏文轧钢厂的产品就赢得了市场的高度认可。

正当大家沉浸在生产经营稳步发展的喜悦之中的时候，那天早上一上班，卢校长突然召集厂委会成员紧急开会。

进入会议室看到早已经坐在正中间位置上的卢校长铁青着脸，我就预感到一定是有很严重的事情发生了。平日里卢校长总是笑眯眯的，我从来没有见他和谁撂下过脸。

大家到齐落座之后，卢校长开门见山告诉大家，昨天晚上有一个电器供货商去了他家，为了建立长期的业务合作，临走放下了一条价值不菲的金项链。说着便从衣兜里掏出了一条金灿灿的金项链来。卢校长让大家自己坦白，近期在业务中谁还收到了业务单位送的礼物或回扣，主动上交可以既往不咎，否则一经查出，无论是谁直接做开除处理。他第一次在厂委会上明确告诫大家经营过程中任何人都不能有"贪念"，我们决不能走轧钢五厂那些人的老路。质检技术科是清水衙门，我心里自然踏实得很，但我能够明显感觉到在座的有些人脸色变了。

第二天卢校长把我单独叫到办公室，给了我一个厚厚的信封。告诉我，相关的几个人在厂委会会后都主动向他交代了问题，并上交了收人家的钱物。反正是供货商愿意给，那就绝不会退回去。

卢校长居然把这些收缴的钱物以奖金的方式发给了我们。这在我的心目中应该不是一个校长出身的人的做事风格。

1993 年 7 月 25 日。

麦收刚过。早上起来章杰说肚子疼，感觉要生了。我急忙喊来了母亲，结婚后我们单独住一个院子，但仅仅隔了一户人家，所以有什么事还是很方便的。

母亲说按预产期推算早就过了，懒月是丫头。母亲赶紧催着让我喊来了接生婆。那是乡里卫生院退休的妇产医生，平时谁家生小孩就去家里给接生，毕竟那个时候在农村很少有人去医院生孩子。

安排好之后看自己也帮不上什么忙，我骑上自行车就去上班了。

在厂里无意中和同事说起老婆要生了的事，被李厂长听到

172

了，他居然把我大骂了一顿，说什么女人生孩子是天大的事情，是在过鬼门关。骂我怎么还能安心来上班，万一有什么事怎么办？他安排厂里的司机开车和我一起赶紧回家，有什么情况可以及时去医院。我说不会有什么事吧。李厂长生气地命令我赶紧回家。

回到家里，看到母亲和本家的以及邻近几家的婶子都在。

那个接生婆指挥着章杰在里间屋子里来回走动着。

我找出几盒天下第一关的香烟放在堂屋的桌子上，给几个会抽烟的婶子们。她们叼起香烟喷云吐雾间激烈地讨论着章杰会生男孩还是女孩。只有母亲看起来兴致不高，因为她一直坚持章杰懒了月，肯定是女孩。有人就说母亲黑心，重男轻女，生女孩有什么不好的，将来还可以再要一个。

我知道母亲尽管嘴上说男孩女孩都一样，但她的确希望生的是个男孩。这是整个家族里我们兄弟里的第一个孩子，我和我哥脚前脚后结的婚，他们那个还要晚两个月才能生。我不知道自己希望章杰生男孩还是生女孩。我只知道看到章杰挺着大肚子在里屋转来转去痛苦的样子，忽然心里又有了一种更强烈的对于她的愧疚。

十月怀胎，除了刚刚得到她怀孕的消息时的欣喜之外，我居然在整个过程中几乎没有关心过章杰的任何反应，更不用说给她买什么营养品或者过问她想吃什么之类的了。甚至前几天，章杰还挺着大肚子和母亲他们一起去割麦子，像一个普通人一样，活儿不比任何人做得少，因为她不想看母亲的脸色，更何况我知道章杰从来就不会偷懒。

老叔等几个本家叔叔辈的男人都集中在四叔家等候消息。因为的确是我这个辈分中第一个要出生的孩子，他们这几个马上就当爷爷的人自然也一样掩饰不住兴奋。四叔坐在炕上，不紧不慢胸有成竹地告诉老叔几个人："谁也不用急，谁也别听二嫂子忽悠，章杰一定生的是个小子，咱家就不收丫头。"

的确，我的家族里几辈人中都很少女孩。老太爷下边是四个爷爷，两个姑奶。然后到我爷爷这辈，老哥四个生了我父亲他们十五个孩子，四个女孩。到了我的父辈，虽说哥十一个正好赶上了计划生育政策，生得不多，但还是保证了我们小一辈十一个小子的记录，女孩仅仅三个。所以，四叔说："放心吧，闭着眼都知道一定还是小子。"

晚上八点二十七分，随着一声清脆的啼哭，我儿子出生了。

至今我还清晰地记得儿子出生时先睁开一双清澈的眼睛左右环视了一下，可能是从没见过这么多人的原因吧，因为害羞才扭动着伸展着小胳膊小腿"啊——啊"的用足力气啼哭起来，他是要告诉所有的人他来了！

不知是高兴，还是忽然才想起，我抽屉里还有石林牌子的香烟。我找出几盒扔在堂屋的桌子上，告诉那几个婶子们，别抽山海关了，抽石林。

后来对门的大婶偶尔说起此事还笑我当时的样子，说我兴奋地把山海关烟都给扔到桌子下面了，还说我也黑心，生了儿子就给换最好的烟，这当时要真是个女孩，估计只能让大家抽北戴河了。

母子平安，我在大门口点燃了鞭炮。

对门等候的叔叔们听到鞭炮声就知道他们当爷爷了，他们有孙子了。全村的人都从鞭炮声知道，我当爸爸了。

儿子属鸡，男孩，他那清脆的啼哭划破夜空，迎接黎明，让我忽然想起毛主席的一句诗词——"一唱雄鸡天下白"。晓畅，没错，儿子的名字有了，就叫晓畅。

第二天回到厂里上班，第一个给李厂长报喜，媳妇给我生了个"带把儿"的。高兴之余，自然是少不了给各科室的同事们发些喜糖喜烟。尤其是我们科室的人，起着哄让我请客，那几个在车间负责质检的女同事以一个叫安丽的为首，更是饶不了我，说什么得了个大儿子可不能就这么把她们给应付了。

"没问题，想吃什么我请客就是了。"我痛快地答应着。

安丽二十三四岁了，之前一直在天津一个亲戚那边，好像是在一个什么高校的食堂里工作。本来想在那边搞个对象成家，一直也没有合适的，赶上老家这边也不再难找工作，再加上年龄也不小了，不能再在外地耽误着了，索性就回到家里来。

安丽说不上漂亮，但很有气质，戴一副金属架的近视眼镜，白白的，胖胖的，一口普通话，在同事中算是老姑娘了。

第一次对安丽有印象是那天她委屈地跑到办公室向我告状，说自己弯腰在车间凉台上检测螺纹钢的尺寸，忽然发现一个安全员总是站在离她不远的地方，色眯眯地盯着她的胸部。夏天穿得少，工作服是敞领的，每每一弯腰，胸便不经意地露出一部分。那个安全员就会趁机瞄上几眼。安丽在我面前痛骂男人没几个好东西的同时，还不忘把我排除在外，"科长，你就不是这么讨厌的男人，我喜欢你这样的"。弄得我哭笑不得。

因为这事我也不好直接去找那个安全员说什么，便出了一个让我自己都觉得可笑的办法。我居然告诉安丽，找准机会好好报复一下那个安全员。因为检测的螺纹钢当时都是通红着的，如果以后那家伙再有那样的动作，就假装不小心，看准了，把通红的螺纹钢甩到他身上，烫他。听到我这样的主意，连安丽都被逗笑了，说没想到我还真坏。

不承想，安丽真的听话照做。

没两天，那个安全员一瘸一拐地走进我的办公室告安丽的状，说安丽故意把通红的钢筋甩在他身上，腿上的肉都烫坏了长长的一条。我连忙从椅子上站起来，凑到安全员身边，看着安全员大腿上的裤子都被烫出了一条洞，里面的肉都被烫糊了，还散发着烧家鸟的焦糊的味道。

"哎哟，这怎么得了，再往上点万一烫着命根子，这大老爷们不就废了吗?"

那个安全员委屈得都快掉眼泪了，连忙说："可不咋地，你看，就差那么一点。"

我忍着不敢笑出来。

"对了，你没事在那里转什么呀，多危险呀，女孩子们操作本来就不熟练，可不能再去那里了啊。先去卫生室抹点烫伤药，回头我好好批评她。"

安全员的脸一红一白，张了张嘴把话咽了回去。我假装关切地拍拍他的肩膀催促他："快去医务室吧，去吧。"

我背着手在车间里转了一圈，走到安丽所在的凉台上，伸出大拇指向她竖了竖，安丽得意地朝我做了个鬼脸。

每天中午我一直有午睡的习惯。午睡就在自己办公室里的床铺上。忽然发现每当醒过来的时候，我的枕边总会有洗好的新鲜水果放在那里。不论是谁放的，我一定是先吃了再说。吃是吃了，但我还是留意了。那天中午我倒在床铺上，假装睡着了，过了没多久，办公室的门被人轻轻地推开，有人蹑手蹑脚地走过来，在我的枕边放了东西后，便又蹑手蹑脚地回去，把门带上。我半睁开眼看到的是安丽的背影。

我能感觉到安丽对我的喜欢，更能感觉到安丽不是之前在轧钢五厂的那些女孩们为了所谓的虚荣或者找份清闲的工作而不择手段。安丽是个踏实本分、敢爱敢恨的女孩。虽然我不讨厌安丽，但我除了同事，以及把她当妹妹外，没有任何别的想法。

我知道安丽的自尊心特强，我不能刻意回绝，只能慢慢引导。我不能给安丽传递错误信号，也不能太伤一个单纯的女孩子的心。安丽告诉我，只希望每天上班来能够看到我，否则心里面不踏实……

当时的我隔一天在厂里值一次班。我值班的时候是从来不回家吃晚饭的。那天晚上，大舅哥居然找到了厂里。他是先去的我家，章杰告诉他我值班之后才来的厂里。

我知道一定有事。因为自从和章杰认识以来，我很少去她家，也很少关心她娘家的事情。不成想大舅哥居然是来告诉我，他要离婚，只是一直在纠结离婚的时候财产分割问题。

当时大舅哥在唐山市水泥厂工作，接的他父亲的班，是个正式工。我从他的描述中，知道了结婚以来他婚姻的不幸福。

大舅哥家庭的特殊性我是知道的，好在他是个正式工，在当时搞对象还是有很大的优势的。他娶的老婆就是看中了他的这个正式工的条件。别人介绍后也没有更多的接触了解便草草结婚了。后来才知道，他那个老婆风流得很，在娘家便一直和同村一个喊姐夫的不清不白。尤其是结婚之后，经常找各种理由回娘家住。当大舅哥发现她和她姐夫的丑事之后，为了维护刚刚建立起的家庭，为了出生不久的孩子，忍气吞声地劝自己的老婆把心收回来，一家人好好过日子。不想，他老婆不但不收敛，反而更肆无忌惮地长期住在娘家不回家。日子的确过不下去了，尽管在那个时候离婚还是很丢人的事情，再无可奈何也必须要离了。

我知道怎么劝大舅哥都无济于事，只能开导他，如果真离婚的话，我可以找乡里法院的人，不会让那个女人白捡什么财产，再说了，都是身外之物，真的下定决心的话，分割财产的多与少就不重要了。另外，自己是个正式工，再踏踏实实找一个也不难。

那天夜里，我和大舅哥聊了一夜，他向我诉说了自己太多的心里话。可能是多年以来很少有人能这样静下心来听他倾诉的原因吧，我能够感觉到大舅哥二十八年来的压抑和无奈。

第二天早起，我安排食堂给大舅哥做的早饭。煮了一小盆肉丝面，烙了两张饼，我陪大舅哥吃的。大舅哥吃得很香，我很高兴。大舅哥告诉我，吃完早饭他去上班。

当天下午，我刚从车间巡视回到办公室坐下，轧钢五厂质检科的卢庆武过来看我。

卢庆武是我哥初中体育队的队友，考上了滦县师范的体育委培生，毕业后在学校里代过一段时间的课，因为收入太低，后来经我介绍去了轧钢五厂的质检科，没多久我就来到了宏文轧钢厂，这里是他上下班的必经之地，偶尔早的话就过来和我待会儿，说些轧钢五厂那边的乌七八糟的事情，反正是没什么正事。不知道今天又带来了什么茶余饭后的新闻。

果然，卢庆武绘声绘色地向我描述，说在轧钢五厂北面村子的玉米地里，有个女人被杀了，他还和几个同事过去看了热闹。一大片玉米都被围观的人踩平了。我一向对这些乌七八糟的事情不感兴趣，也就没有更多的向他打听细节。

晚上下班回家，在村头远远的就看见母亲站在一棵大树下踱来踱去。母亲看到我回来，急忙摆着手招呼我停下。我问母亲怎么了。母亲惶恐地告诉我，刚刚公安局来了好几个人到家里，说是章杰的哥哥把她嫂子给杀了，要是知道他哥的下落，一定要及时上报。当我向母亲确认后，才把下午庆武在我办公室里当故事来讲的事情联系在了一起。大舅哥的老婆就是轧钢五厂北面那个村子的人。

母亲告诉我，要好好劝劝章杰，刚出月子，千万别着急上火，再把奶水给憋回去，晓畅可不能断了奶吃。我的脑子里此时一团乱麻，惶恐、害怕、担忧，说不清楚，真的不知道脑子里究竟想的是什么了，我此时更想看到章杰，我怕她承受不了这突发的变故。

进到家里，儿子香甜地睡着，章杰凝视着儿子发呆。看到我回来，章杰扑入我怀里失声哭了起来。我不知道如何安慰章杰，只是紧紧地拥着她，轻声告诉她，大哥的事我知道了，无论发生什么都不要怕，有我在！章杰不停地说着哥哥太可怜了，可怜的居然做出了这样的傻事，现在不知道他去了哪里。

晚上，岳父来到我家，也就剩下哭。我知道任何宽慰的话此时都太苍白无力。只能说事已至此，想太多也没意义。我让他放心，老两口的后半生，我会照顾好，这是我必须做的，也是我只能做的。

后来，我通过各种途径努力地打听大舅哥出事那天的过程，希望能还原出他为什么如此偏激，居然做出这样的事情来。

那天，大舅哥从我那里走了之后，就去上班了。结果那天单位没什么事，他就返回来，顺道去老婆的娘家，想把自己的儿子接回家。结果，不知道为什么，被那家人给暴打了一顿，他老婆的几个姐夫一起拎着大舅哥直接就给扔到了大门外的当街上。不知道大舅哥是被那些人打晕了，还是他不想起来，反正他像一条死狗般被扔了出来，然后一个多小时一动不动。左邻右舍的人没人去管，人家不知道怎么去管。后来，有人看到大舅哥自己站了起来，居然很镇静地掸去浑身的泥土，又返回了他老婆的家。

谁也不知道大舅哥进去之后说了什么，做了什么，反正是他居然把他老婆给带了出来，有人说是他俩一起去要一份借出去的钱。但不论是一起出去做什么，在半路上，大舅哥把他老婆拉进了路边的玉米地里，把她给掐死了，临走还从她穿的裙子上撕下一条系在了她的脖子上……

应该说此时的大舅哥镇定得很，因为他还能若无其事地回到他老婆家，顺利地接回了自己刚刚一周岁的儿子。回到自己的家，他把儿子托付给了父母，换了一身干净的衣服就离开了。有人看到大舅哥是坐长途班车去的市里的方向。

的确，因为后来我还了解到，大舅哥回到厂里，带走了放在自己宿舍里的钱，还向几个同事借了一部分，刚离开不久，公安局的人就赶到了厂里。大舅哥躲过了当时的追捕。此后，就没有了任何消息。

对于章杰而言，大舅哥没有消息应该是最好的消息了。当然，那个时候，我还不能理解他在外流窜会是什么样的生存状态，更体会不到他内心是否终日煎熬。

家里需要我马上面对的就是被大舅哥掐死的那个女人的后事。最初是两个村子的书记、村长等人做的调节，还是要岳父这边负责发丧，老两口早就什么都顾及不上了，家族里又没人上前帮忙，只能我去张罗了。说是张罗，其实我也没有具体做什么，村子上的书记、村长我还是很熟悉的，因为之前在轧钢五厂就经常和他们打交道，再加上我姥姥家就是这个村子的，所以，我就拜托他们看着安排就是了。

发丧的当天，来了很多附近几个村子看热闹的人。那个被大舅哥掐死的女人的尸体被从火化场的冰柜里拉了回来，放在堂屋的一角，那些来的娘家人便围着号啕大哭起来。我告诉章杰不要搭理这些人，帮老两口看好大舅哥留下的那个可怜的孩子最重要。孩子叫阳阳，白白胖胖的，很招人喜欢，不想生在了这样的家庭。好在现在阳阳刚一周，什么也不懂。看着院子里这么多的人，他一定不知道发生了什么。很多人看到这个孩子，都叹息着摇头。

发丧都是按照当地的风俗进行的，其实就是走个形式罢了。下午出殡的时候，那个被大舅哥掐死的女人的娘家人从屋子里翻出了那个女人生前用过的所有衣物、被褥等，一并拉出去在村外给烧掉了。岳母当时还想和他们理论理论，被我劝住了。何必呢，让他们烧吧，越干净越好。

事情的进展还算顺利，没出什么事，其实还能出什么事呢？杀人者不在，在与不在都要偿命的，谁还能把家里剩下的老人和孩子如何？

最后在火化场倒是出了个小插曲，那个六十多岁的大操把我拉到一边，说火化工不愿意火化这样的人，要给人家意思意思。我问怎么意思，他向我要了 200 块钱。我知道这钱根本不是给火化工的，但我没有拒绝他，而是明确告诉他，即便这钱是他自己装在兜里我也不会计较的，然后直接就把钱给了他。那个人接过钱的表情极不自然，让我对于这个人留下了极其深刻的印象，忽然把多日来压在心底的莫名的怒火统统集中到了这个大操身上。尽管我没有发泄、表露，但我在心里诅咒这个人，得不义之财，定不得好报。

生活中，谁也预料不到明天会发生和面对什么，当一定要面对的时候，谁也无法逃避，这就是现实。

好在，章杰比我想象的要坚强得多，这是我所希望的。无论怎样，生活一定要继续。

由于丰城轧钢五厂经营管理混乱，经济效益严重下滑，乡党委对于轧钢五厂的中上层领导班子进行了重大调整。我和以卢厂长为首的宏文钢厂部分管理层一起接手了轧钢五厂，我的身份是质检技术科长。

轧钢五厂不同于仅仅有一个 250 轧钢车间且产品单一的文教钢厂。这里集炼钢、轧钢于一体，炼钢包括传统的工频电炉 3 吨、5 吨各一座，还包括 5 吨电弧炉一座，三个炼钢车间及一个在建的电弧炉车间；轧钢包括 250 轧机一套和 450 开坯配 300 轧机一套，产品涵盖了炼钢的敞口坯，4 英寸开口锭，以及轧钢的 10－25 螺纹钢，2.5－6 号角钢。同时还有那个占地 400 亩的转炉筹备项目——说是项目，只是圈起了围墙，个别车间竖起了部分水泥承重柱子就因为市场和资金原因停止了的烂尾项目罢了。

尽管这里也是我曾经工作成长过的地方，但毕竟这次回来接手新的工作还是一次挑战。

回到轧钢五厂，尽管有心理准备，但上任之初的工作量之大还是我没有想到的。长期的失于管理，本来在当地具有相当规模的厂子其实早已经奄奄一息了。产品大量积压，正常的经营周转困难。为了尽快扭转这种局面，厂委会把工作的重心放在了内抓产品质量，外塑企业品牌上来。作为质检技术科的工作重点便是如何提升产品质量。于是，我便带领科室相关人员24 小时深入生产一线，从每一道工序开始严格按照操作规程要求落实，经过连续十几天的连轴转，终于首先把成品钢的质量稳定下来，从而得到了市场的接受和认可，大量的库存积压得以成功销售。

正当我刚想坐在办公室喘口气的时候，卢厂长电话通知我到他办公室去一趟。

走进卢厂长的办公室，一眼就看到他坐在椅子上习惯性的在揪自己的头发，这是他一直以来标志性的遇到发愁事时的反应。

"怎么了，卢厂长。"我开门见山直接问道。

卢厂长见我进屋，指了指对面的椅子示意我坐下，然后不紧不慢地说道："前些日子发到广东一批钢材，对方发来电报说质量不合格，要求降价处理，如果我们答应的话，就是两百多万的损失，尽管严格意义讲我们的螺纹钢质量是保证不了的，但明显能够判断出对方是因为市场价格下滑，想转嫁给我们，所以处理这件事就不能交给供销科了，只能你去见机行事。"

我赶忙问道："卢厂长，我从来没有解决过这样的问题，恐怕谈判的事交给我不合适吧？"

卢厂长摇摇头接着说："你错了。第一，你去不是谈判，只是尽可能证明我们的产品没有问题；第二，我们已经做好了给对方降价的准备，只是不能答应太快或者他们说降多少就是多少。你不用有太大的压力，从你的专业角度尽力而为给对方施施压就是了。我已经让办公室给你定好了机票，到时候对方会去机场接你。你收拾一下，明天早上我让司机送你去首都机场。就这样，有事及时联系就是了。"

第一次坐厂长的专车——当时最流行的广州本田。第一次坐飞机，以至于到了首都机场后我就像刘姥姥进了大观园。好在时间允许，按照提示完成了取票、办理登机牌、安检、登机。

飞机是中午十一点左右起飞的，看到好多人一会儿要可乐，一会儿要牛奶，我当时好羡慕啊。难怪坐飞机的都是有钱人，火车上的饮料就够贵的了，这在飞机上我可是喝不起呀。尤其是当空姐推着餐车向我拿出一份套餐米饭时，我不好意思地说我不饿。最后在旁边人异样的眼光注视下，我咬咬牙向服务员要了一杯应该是最便宜的白开水喝。两个多小时的飞行结束，一直到下了飞机居然没有人向我要那一杯水的钱，当时心里还想自己占了个小便宜呢。事后才知道，飞机上的吃喝是免费的，当时那个后悔呀。以至于回来时摁了多少次服务铃，每次都是换着样给人家要饮料喝。

出了机场，果然找到了举着一个厚纸牌子接我的人，牌子上醒目地写着：唐山王俊杰。于是我便走过去，按照卢厂长交代的，谁接我就跟谁走。

平生第一次出这么远的门，坐在接我的小轿车上，看到作为改革开放前沿的广州马路两边栉次鳞比的高楼大厦，充满了新奇。

我被安排入住在杨琪大酒店，那是我第一次入住星级宾馆。当我安顿好行李箱，对方方姓的经理操着一口我在电视剧里才听到过的粤语普通话说："王科长一路辛苦，一定要先好好休息一下，我带你先去洗个头啦。"

我心中纳闷，好好休息应该是我先睡上一觉，怎么广东这边好好休息变成洗头了呢？再三推辞不成，便客随主便，又下楼钻进了那辆接我的小轿车里，跟着方经理到了一家门口高高悬挂着"洗头按摩"霓虹灯的发廊。真的有一种刘姥姥进大观园的感觉，发廊里围坐着五六个年轻漂亮穿着暴露的女孩，红红的嘴唇、细细的高跟鞋，这打扮对于北方的我来说是之前绝没有见到过的。

那几个女孩子见我和方经理进门，立刻齐刷刷地站起来，热情地上前打着招呼。方经理向这几个女孩指了指我："这是王老板，你们可要替我招待好啊。"

　　说话间，一个皮肤白皙、身材高挑的女孩扭动着被超短裙包裹着的浑圆的屁股，主动伸过手来边拉我，边嗲声嗲气地说道："放心吧，这个帅哥交给我了。"

　　见我木讷的垂手待在原地，方经理很自然地拍了拍我的肩膀："王老板，不要紧张，去吧，开心哦。"

　　怀着紧张好奇的心情我被那个女孩拽到一个皮质的躺椅上，然后，任由那个女孩在我的头发上喷水、涂抹洗发水，我闭着眼，紧张地享受着一双柔软的手指恰到好处的在我的头顶游走、按摩，然后是冲洗、吹干，足有半个小时的时间，还真让人感觉舒舒服服的，的确是一种享受。

　　吹干头发之后，那个小姑娘很自然的俯身贴在我耳边轻声道："帅哥，我们去做下一个项目。"

　　"啊？还有？"我问。那女孩哈哈大笑起来："一看帅哥就是北方来的，当然还有啊，你就好好享受就是了。"

　　我环顾四周，早已不见了方经理去了哪里。那女孩看出我的心思："帅哥，你那朋友早就进去了，我们也抓紧时间吧。"

　　于是，稀里糊涂的我便被女孩领进了一间只能放下一张单人床的透着微弱粉红色灯光的小屋子。女孩让我平躺在床上，我问还要做什么，女孩平静地回答我说当然是按摩啦。当我闭上眼平躺在柔软的床铺上后，女孩居然骑在了我的身上，开始在我的胸前用柔软的指头揉捏起来⋯⋯一个香气袭人、时尚靓丽的异性如此的动作，让我忽然紧张加上莫名的兴奋起来，但陌生的环境、此行的工作、远在千里之外的章杰和可爱的儿子的身影，瞬间在我脑海里掠过，让我推开那个女孩，落荒而逃……

当天晚上对方公司为我设宴接风。尽管该公司的简总带着一个姓罗的年轻女秘书特意过来陪我，但席间一直没有谈工作的事情，只是不厌其烦地向我介绍着每一道菜的特点，让我好好感受一下广东的风味特色。

简总三十岁左右的样子，应该比我大几岁，一个地道的广东人，不足一米七的身高，偏瘦，一袭笔挺的西裤，上身白色短袖衬衫，尽管是夏天，依然打着一条米黄色的领带，一副金属眼镜后的目光透露着精明老道。每当我提到抓紧时间安排我到工地落实钢材质量情况时，简总总是微笑着不作答，罗秘书总是及时地端起酒杯向我敬酒。

罗秘书二十出头，一身米黄色的西服套裙，齐耳的短发衬托着白皙的瓜子脸，长长的睫毛下一双清澈的水汪汪的大眼睛，听口音不是广东人。简总说他们广东人不像北方人能喝白酒，所以就让罗秘书多陪我喝，一定要尽兴。

也不知道罗秘书怎么那么多的讲究，反正总能找到让我无可拒绝的理由，一连三杯地喝酒。席间，简总放在饭桌上的黑色大哥大手包里的手机铃声忽然响了起来，简总示意我们继续，自己拉开手包拉链，从里面取出一部大哥大手机，按下接听键接听着电话。恍惚间听到简总好像在和对方解释说，这边有一个重要的客户正在招待，是唐山那边钢厂过来的，后来又说姓王，再后来简总一边不知是经意还是不经意地居然把我的名字还告诉了对方，最后，好像是不高兴的和对方说不要坏了他的好事，然后就不耐烦地挂掉了电话，主动站起身："王科长，不好意思啦，接了一个电话，我敬你一杯，算是赔罪。"

罗秘书也站起身，又给我满上一杯："我陪简总敬王科长。"

推杯换盏间我已有些醉意，坚持不要再喝了。简总也不再强求，让我回房间好好休息，明天再好好谈工作的事。

晕晕乎乎间我知道是方经理和罗秘书搀扶着把我送回的房间，本来还有些酒量的我不知道今天怎么回事，按平时的酒量应该没问题的我居然喝多了，昏昏沉沉的连澡都没冲就倒在了床上。

迷迷糊糊间有人帮我脱了鞋，把我的身子往床中间挪了挪，然后又开始一边帮我脱衣服一边埋怨一个人在外也不知道小心点，怎么喝了这么多的酒。我含糊地答应着，感觉好像是熟悉的章杰，又好像是久违的柳郁，她俩的身影交替着在我脑海里浮现着，我还是昏昏沉沉地睡过去了。

第二天早起，当方经理和罗秘书过来接我去吃早茶的时候，我还特意不好意思地感谢罗秘书昨天晚上的照顾，以为是她给我在床头沏了一杯醒酒的茶。不想罗秘书却说自己可没那样的机会。

那昨天夜里是我做梦了？那杯温热的茶水是谁沏好的呢？

吃过早茶，没有去公司。方经理和罗秘书带我直接去了工地，从我们厂购买的螺纹钢都已经分散在了各个工地。

于是，我就直接到各个工地现场去采样品，然后封存送到当地的钢材检测站进行检测。

当天晚上回到酒店不一会儿，简总就夹着大哥大包过来见我，出乎我所料的是，简总开门见山告诉我，其实现在检测报告合格与否已经不重要，重要的是这批钢材落地后严重降价，如果不能让厂子担负这笔损失，他的公司将面临巨大亏损，甚至会倒闭。其实我来之前，卢厂长已经预料到了，只是这损失对谁而言都是巨大的，让我过来也就是尽最大可能证明质量没有问题或问题不大，这样就能争取一个主动权。不成想简总居然和我开诚布公了。

自然我会坚持我的立场，向简总解释道："我能理解市场因素降价给贵公司造成的损失，但这和我们厂里没有关系，生意有赔有赚，如果这批产品质量有问题，我们自然会负责；如果质量没问题，我们也爱莫能助。"

"王科长，之所以我能和你坦诚的说明情况，就是想让你能帮我这个忙，其实这个不情之请也是在帮你的老朋友渡过难关。"简总不慌不忙地解释着。

"简总，别开玩笑了，我这边可没有什么朋友，再说了，即便是朋友，原则我也是要坚持的，请你能理解。"我回道。

简总好像知道和我这样说什么都无济于事，于是索性从沙发上站起来："王哥，我带你先去见你的老朋友吧，这就走。"说着就拉着我走出了房间。

一路的霓虹闪烁，显示着这座现代化大城市的神秘和魅力。

开车十几分钟便来到了简总公司所在的一座高大写字楼，我跟在简总身后上了电梯，电梯直接上了 15 层。我心里一直纠结着他要带我见的是谁呢？

出了电梯，简总带我径直走向 1511 室。推门进入，宽敞的办公室老板台后，一个熟悉又陌生的身影抱肩站在落地窗前，似乎是在沉思中凝视着窗外羊城迷人的夜色。我狐疑的看看简总，简总无奈地摇摇头，"王哥，你们聊吧。"然后带上门离开。

我惊愕于这熟悉又陌生的背影之际，那身影缓缓地转向了我，随着一声"二哥"，已是泪流满面的春儿径直扑进我的怀中。

这是我第一次见春儿流眼泪。

我紧紧地拥住了春儿的双肩，激动得仿佛是在做梦，这真的是春儿吗？春儿怎么会在广州？春儿和这家公司是什么关系？一连串的问号在脑子里快速的闪现之际，春儿抬起头，闪动着一如既往清澈的被泪花迷离的双眼："二哥，家里都好吗？"

"你还知道问家里好不好？"我一把推开了春儿紧紧搂住我的双手，气呼呼地质问道："两年多了，你一走了之，音信全无，你知道家里为了找你都急成什么样了吗？"

春儿一边流着眼泪，一边静静地听着我的质问，直到我停顿下来，才轻轻地擦拭了一下扑簌簌流落到嘴角的泪水："二哥，我知道，是我错了！但当我知道自己错了的时候，已经回不去了，二哥，我错了，对不起，真的对不起！"说话间又一头扑在我身上委屈地抽泣起来。

我长出一口气，轻轻地拍了拍春儿的肩膀："春儿，能见到你就好，爸妈和全家知道了都会高兴坏的，不哭了啊，和二哥说说你怎么在这里啊……"

原来，春儿当年负气离家出走，漫无目的地到了深圳，和大量涌入的淘金者一样，以为在这里一定能找到适合自己发展的一席之地，谁料想到了这边单纯的春儿和几个同样过来找工作的女孩人生地不熟，下了火车就被几个招工的人带到了东莞，涉世未深的春儿满怀欣喜的以为这边真的是工厂林立，太好找工作了。岂料想当他们被带到一个洗浴中心，没收了身份证，强行让她们坐台当小姐。

失去自由的几个女孩无谓的反抗换来的一定是一顿毒打，绝望的春儿选择了跳楼自杀，万幸的只是摔断了一条腿，被恰好路过的好心的简总赶上，送到了医院。

简总知道了春儿的遭遇后，出于同情，为春儿垫付了医药费，还通过关系找到了那家洗浴中心老板，要回了春儿被扣的身份证及个人物品。

一个多月的相处，春儿知道简总是个好人，在出院后没有拒绝简总的邀请，进了他的商贸公司，并且很快熟悉了相关业务，成了简总最信任的总经理助理。

本来这批钢材在订货之初，她就预感到市场可能会下跌，但简总还是坚持买进了这几千吨螺纹钢。尽管工地急着要，但船还没到港就降价了。所以，公司商量着抓住厂家是乡镇企业，以产品质量不稳定为借口，想把损失转移给厂家，所以才有了后面的事。

说到这，春儿忽然把脸沉了下来："二哥，自己出门在外怎么也不留个心眼啊，幸亏我发现了是你，否则，你就惹大麻烦了！"

见我没听明白是什么意思，春儿接着告诉我，本来他们早就安排好了，就是我到了之后，用美人计收买我，然后逼着我答应他们的要求。见我在洗头房没有怎么样，就在那天晚上安排了所谓的罗秘书在酒里动了手脚，把我灌醉，然后再让罗秘书陪我睡觉。其实那个所谓的罗秘书就是公司临时找的一个有点学历和姿色的出台小姐扮演的，方经理早就安排好了给我拍照了，还好春儿无意中知道可能是我，才及时制止了。

我瞬间涨红了脸，怯怯地问春儿："我当时喝醉了没做什么出格的事情吧？"

春儿用纤细的手指一戳我的脑门儿嗔怪道："还说呢，醉得跟一头死猪似的。还好心里面有嫂子，不过，我也要提醒你啊，结婚这么长时间了，你怎么还和柳郁藕断丝连啊！"

我赶紧反驳道："你这就冤枉我了啊，我一直都没再和她有联系。"

春儿"切"了一声："我可是亲耳听到你嘴里喊人家名字了啊，当时攥的我手都疼了，哼！"

　　春儿这样一说，的确吓了我一跳，要不是春儿在，当时换作那个罗秘书，我可就真的不知道会做出什么丢人现眼的事来。

　　说话间不知不觉已经到了午夜时分，春儿赶紧招呼我说一起去吃个夜宵，庆贺一下兄妹相见。

　　我故意气春儿："不会还叫上小罗秘书吧。"

　　春儿朝我翻了个白眼儿："你敢！"

　　然后挽住我的胳膊，将头靠在我的肩膀上一起走出了写字楼。

　　远远地便看见简总启动车子，开到了我们跟前。

　　广州简直就是不夜城，午夜时分依旧是车水马龙、人流攒动。没用春儿说去哪儿，简总开车径直把我们带到了一个夜市上，很熟悉的走进一家酒店。春儿告诉我这是简总老乡开的一家酒店，地道的潮汕菜。春儿点了些海鲜，每人要了一份海鲜砂锅粥之后便迫不及待地向我询问着家里每一个人的情况，我一一讲给她听，让她放心。简总很知趣地在一边听我俩讲着家长里短，一直微笑着不插言。倒是我感觉冷落了人家，便把话题转到了此行的目的。

　　不过这也是现在我最为纠结的，面对春儿的救命恩人，我应该怎么办呢？

　　最后还是春儿给我出了主意："二哥你也不用太为难，其实挺简单的事情，现在像你们这样的企业，生产的钢材本身就不合格，出现质量问题在所难免，我想你们心里更清楚。你所在的是大厦将倾的乡镇企业，又不是你的，而我这边是蒸蒸日上的民营公司，如果这次你们厂能承担这部分损失，我们以后可以好好合作，说不定坏事变好事。对你自己，对你们厂，都不会有太大的影响，我们这边也会保住信誉，取得客户的更大认可。你就安心在这边好好玩几天，公司这边会安排好你回去交差的所有事情的。"

我看得出，春儿这个总经理助理的话语权早已经远远超过了自己的工作职责，甚至隐隐地觉得她和简总绝不是工作关系那么简单。但是我相信春儿绝不是随随便便的女人，也能够感觉到简总尽管在生意上不择手段，但人品应该是没问题的。

一种对于春儿的亏欠之心，一种对于简总给予春儿的救命之恩的感谢，让我决定在不违背原则的前提下帮助他们。

一周后，我带上春儿给全家的礼物回到了唐山。

本以为春儿一定会和我一起回家的，但是春儿告诉我，现在公司的确很忙，忙完这段时间一定回家看一大家子人。

我知道春儿一定是有她的理由的，叮嘱她一定要照顾好自己，有事往厂里打电话给我。简总拍着胸脯说，王哥放心就是了。我相信简总。到家第一件事就是向全家说了春儿的事。大家知道春儿现在在广州工作生活很好，自然都替她高兴。

回到厂里，正如春儿分析的一样，卢厂长自知我们的产品本就存在问题，再加上当时我所不知道的原因，很顺利地承担了春儿公司的损失。

说到我不知道的原因，其实，在广州的时候春儿已经提到过乡镇企业改制的，只是我没有更多地去想罢了。

那年初冬，一场轰轰烈烈的乡镇企业改制开始了。

当时很多乡镇企业的厂长一夜之间就变成了乡镇副镇长以上的政府官员。一些政府官员则弃官从商，又成了乡镇企业改制后民营企业的老板。

我自己包括身边人就在这场变革中发生着变革……

秋末的一天，厂里召开中层以上管理人员会议。镇党委主要领导在会上宣布企业改制结果。原轧钢五厂进行企业改制，成立唐山隆丰钢铁有限公司。总经理是原镇党委秘书赵志刚。

赵志刚这个人之前倒是打过几次交道，比我年长两岁，小个子，戴眼镜，高中毕业之后正好赶上乡镇招聘干部的机会，几年时间从一个民政助理发展成了党委秘书，去年我入党的时候还是他和组织委员一起和我谈的话呢。

之前的卢厂长则调任柳河镇镇长。

为什么改制我不懂，对于我而言，以为可能就是一个称呼的改变罢了。其实不然，这次轰轰烈烈的改制，是将几乎所有原本的集体经济所有制企业通过变卖的方式，变成了私营企业。

接下来大家私底下的议论逐渐还原了改制背后不为人知的一幕。

由于前几年乡镇盲目上马企业，产生了大量的银行欠款和三角债务。为摆脱这种尴尬的局面，很多地方便借助企业改制之名实施了金蝉脱壳之计。

成立的隆丰钢铁有限公司就是镇经联社持股51%，原轧钢五厂所欠浙东省建材总公司、浙东喜家乐集团公司债务分别转为27%和22%股份，通过债转股堵住了对方的嘴，给了对方一个参与经营、共享红利的愿景。同时，经联社为彻底摆脱债务，将所持的51%股份转卖给了原镇党委秘书赵志刚，条件是赵志刚负责经联社所欠农业银行640万贷款，当然赵志刚是没有这么大实力的。经过镇党委、银行、赵志刚三方达成默契，将企业抵押给农行，镇上没了债务包袱，赵志刚承担了债务，银行的贷款有了抵押。这样一来，原本的集体所有制乡镇企业，摇身一变就成了赵志刚个人拥有绝对控股权的公司。

转制对于我，也带来了新的机会和抉择。

卢厂长调任柳河镇后，基本上走的是原来孟乡长的老路。那就是给了一个镇长的位置，当然是正镇长，但还是要把那边的已经经营不下去的钢厂盘活。卢厂长自然不是一个人去，他从厂里各个重点岗位都精挑细选了部分骨干带了过去，其中也包括我。

虽然跟着卢厂长过去了三天，但我并没有在这边辞职。因为当时的我一直在纠结。毕竟在这边工作已经很顺手了，再加上离家这么近，即便跟着卢厂长走，到那边也还是一样的工作、一样的待遇，虽然厂里给配了班车，毕竟几十里的路程，还是不太方便。再说了，那个厂子就相当于这边的一个车间，从规模和发展上看都没有这边强。

正当我举棋不定的时候，那天晚上，赵总居然亲自来到了我家。

当我打开门，赵总身穿一件草绿色将校呢的大衣，毛绒领子直立起来遮住了半个脑袋。司机高高地举着一个输液的瓶子紧跟在他身后。

赵总竟然是输着液来找我。我赶紧把赵总和司机两个人请进里屋。

没有任何的绕弯子，赵总开门见山地说，他刚从南方转了一圈考察市场回来，知道了卢厂长带着我们一些人去了那边。对于其他人的离开，他没有感到奇怪，但我跟着去，他不认可。他要我留下来，企业改制了，以后就是自己的了，他要我和他一起好好经营这个企业，他需要我留下来，让我一定要慎重考虑。

说完后，没有等我表态就继续输着液回了厂里。

赵总走后，章杰劝我还是留下来。且不考虑其他因素，单凭人家大冬天的输着液来找我这一点，就足以证明其诚意。能够追随着这样一个人，踏踏实实干就是了，不要再想其他的了。

章杰说得对。我最终还是下定决心留下来。为了让赵总放心，我披上一件大衣，连夜回到了厂里，走进赵总办公室。

那天赵总和我聊了一夜关于接手后企业的发展，同时也征求了很多我个人的意见。我更加坚定了留下来发展的信心……

赵总接手企业后，钢铁形势再度严峻，本就不太景气的市场，加上国家开始对于质量和环保的重视，取得冶金工业部颁发的生产许可证再次提上了日程。

自然这份工作的落实还是交到了我的手上。

因为之前去过冶金部，包括一直和仇处长保持联系。所以，很顺利就得到了消息，十月份部里就要组织一批专家对企业进行验收了。负责我们这边几家企业验收的组长是北津轧钢九厂的黄总，副组长是淮阳钢铁公司的李总，这两个人过几天就会到北京舰船研究院开会。得到这个消息后我及时向赵总进行了汇报，赵总安排我一定要想办法去一趟舰船研究院见到两位组长。

有了仇处长的介绍，到了舰船研究院后很顺利的就见到了两位组长，也没有过多的客气，对方也知道我的来意，所以晚上在一起喝了一顿酒之后，我分别塞给他俩每人一个里边装了厚厚一摞现金的大信封，二人忙着推辞，我笑着说赶紧装好，这是我们赵总的亲笔信。

时间过得真快，验收组到唐山的第一站就是我们公司。他们是下午坐火车过来的，我安排厂里的司机直接把大家安顿在丰城宾馆，晚上自然是设宴接风。因为之前的接触，大家便没有了拘束，酒席上都很放得开，所以几瓶茅台喝下去之后，我便自然地邀请大家一起出去唱会儿歌，两位组长看样子很是有兴致。

我之前是从来没有进过歌厅的。好在赵总的司机轻车熟路，把我们带到了市里的白孔雀娱乐城。由于赵总是这里的常客，自然老板对赵总的司机熟识得很，把我们安排在了一个能容纳十人左右的豪华大包房内。

大家都有服务招待后，我正好借上洗手间的机会出去透透气。穿过包房的通道去洗手间是一定要经过大厅的，大厅中央是一个舞台，舞台上有歌手唱歌，下面是一些男男女女随意的聊天、打情骂俏。从洗手间出来，循着一首《真的好想你》的歌声，我无意间再次瞟向舞台中央那个歌手，顿时酒醒了一半，下意识的揉揉眼，再往舞台跟前凑了凑，我顿时惊呆了——舞台上深情演唱的歌手竟然是安丽！

我没有直接去和台上扭动着腰肢演唱的安丽打招呼，她应该看不到台下的我。进了包房，大家尽情地唱歌、跳舞，我坐在沙发一角，故意向陪我的那个小姐打听起了安丽的事情。那个小姐告诉我，她不认识那个歌手，只知道是新来的，就是每天晚场过来唱唱歌，每天能有 200 元的收入。因为有客人的缘故，我没有时间直接去问安丽为什么好好的班不上，居然做起了歌女……

第二天的生产许可证验收只是走形式了。事先准备的软件材料用档案盒装好，摆满了会议室的一大桌子，验收组的成员只是象征性的随便翻阅了一番。至于硬件则是用从唐钢买来的几吨 60 方坯投入加热炉，然后轧制出 25 号的螺纹钢，按照要求剪切样品，现场封存，寄往国家钢检中心进行化学分析和物理性能检验，相关技术指标自然一定是符合国家标准的。

就这样，一个轧制地条钢的民营企业，居然顺利地通过了专家组的联合验收，成功地获得了国家冶金工业部颁发的螺纹钢生产许可证，从而使得我们公司的钢材能够堂而皇之地流通进更广阔的市场之中。

当公司上下依旧沉浸在取得生产许可证的欣喜之中时，随着整体经济形势的严峻，越来越多的企业资金短缺举步维艰甚至倒闭，大量国有企业职工下岗，隆丰钢铁公司也面临着前所未有的经营压力。

之前的预付款没有了，很多合作经几年的销商因为自身市场的原因无法再有订单，使得公司不仅开始出现了库存积压，更可怕是银行贷款受阻，流动资金越来越捉襟见肘。这样的内外环境压力之下，公司不得不进行了自上而下的经营调整。关停了炼钢的电弧炉和轧钢的二轧车间，调整了中层领导班子，我居然被董事会任命为主抓生产的副总经理，面对临危受命，我感到了前所未有的巨大压力……

"王总，快去看看吧，村子上的好多老百姓把厂子打门口给堵了！"厂办主任慌慌张张地跑进我的办公室，气喘吁吁地告诉我说现在厂门口已经里不出外不进了。

我赶忙问究竟是怎么回事。厂办主任无可奈何地说："还是你去看看吧，外边都乱了套了。"

到了厂门口一看，足有上百的村民围堵在门口，甚至还有一台挖沟机正在被人指挥着挖掘唐柏路和大门之间的地面。有人嚷嚷着："不让上班就都别上了，厂子占了老百姓的地，断了大家的经济来源，谁也甭想好过。"

看这阵势一定是被停产车间的部分工人撺掇着老百姓给公

司故意施压来了，于是我赶紧向前几步过去："大伙儿不要激动，有事我们解决事，堵门口是在激化问题，能不能大家先回去，我们结合村长书记坐下来商量一下，看看如何解决大家的问题啊。"

人群中马上有人高声嚷嚷道："你小子别来这套，当了官了，就拿庄下爷几个涮着玩，废话少说，要么关门，要么让我们上班！"

一群人随声附和着……

我知道和这一群无所顾忌的人在这纠缠不会有什么结果，于是赶紧回到办公室，给赵总打了电话，简单汇报了一下厂里发生的情况，然后又安排人赶紧去找村支书和村主任过来。

公司会议室。

赵总开车回来之前，村支书和村主任已经早早的到了。看样子他们两个早知道今天村民来堵门口的事情，早已经有了向公司提的条件。于是我开门见山，问他们这事有什么好的解决办法。

王大成是我本家的一个同辈，四十多岁，凭着老王家在村上是大户，两年前成功竞选上了村主任，平时为村上谁家有人想来公司上班的事没少找我安排，甚至背着我找赵总没少为自己找些便宜。

见我直截了当，王大成也不拐弯抹角："俊杰啊，你也别怪爷几个闹，你说公司占着于庄的地就跟白用一样，大家伙图啥？你们发财，老百姓也要跟着喝点汤吧？你们可倒好，说停产就停产，说把大伙放回去就放回去了，这事做得不地道啊。这几年你们公司越做越大，老百姓得到啥好处了？不但上个班打个工都不踏实，你们也去庄稼地里看看去，全是一层一层的黑灰，老百姓下个地回来洗澡都要比其他村的费几袋洗衣粉。再者说，谁家院子里敢晾晒衣服啊，本来刚洗干净，挂出去一会儿就落一层灰，能怪老百姓有怨气?"

看来王大成他们是做了充分准备而来的，提出的几个问题都是回避不了的现实问题：第一，占地价格；第二，企业污染；第三，村里工人工作的落实。这是他们此次围堵公司的主要原因。

尽管赵总先从目前企业面临市场不景气的境况向他们示弱，但如果不能针对他们提出的问题拿出解决方案，看来有背后村两委支撑的村民们是不会善罢甘休的。

最终，经过镇政府出面协调，公司和村委会达成了相关协议：第一，占用土地费用由原来的 200 元/亩，提高到了 350 元。第二，公司对于村民按每人每年 100 元进行污染补偿。第三，在公司生产允许的情况下，尽可能保证该村上班工人的工作。

这样，一场围堵公司的风波才得以化解。

对于保持公司正常的生产经营，最关键的还是销路和资金。为此我想到了广州的简总。

尽管近一年的时间春儿没有回家，但偶尔的电话联系还是能够让我感受到简总的公司越做越大，其实力早已今非昔比。

　　于是，晚上下班后，我自己在办公室拨通了春儿的手机。那个时候我还只是配了一个 BP 机，而春儿已经使用上手机了。

　　详细的和春儿讲到了目前我所在企业的困境后，春儿劝我不要有太大压力，容她想想办法，看看是否能帮上我的忙。我告诉春儿也不要勉强，生意本就是互惠互利，要是简总那边能帮我们渡过难关，我们自然也会给予他相应的优惠的。

　　几天之后，简总那边就有了消息，可以给我们一千万的资金支持，条件是享受优先供货权和低于市场 10% 的出厂价格。我不知道春儿是如何说服简总的，但我相信，毕竟是生意上的合作，简总不亏。

　　我和赵总商量之后痛快地答应了简总的条件。

　　就这样，有了简总公司的资金支持，隆丰钢铁公司很快正常运转起来。

　　奶奶的身体状况越来越不好了。本来八十多岁的人了，加上一直困扰她的地震时伤到的脑神经问题，让这个经历了太多生活磨难的老人还是没有熬过去。奶奶带着对一大家子人的眷恋，带着地震给老人留下的巨大的身体和内心的伤痛在那个冬天永远地离开了我们。在发送奶奶当天，她屋子里所有挂在墙上的镜框不约而同地掉了下来，更令人称奇的是掉下来的镜框居然完好无损。有人说是奶奶在天有灵，走得不甘心才给大家的显影。更有人说春儿作为奶奶最喜欢的一个养孙女没有回来为她送行，奶奶不高兴了。其实我是极力要让春儿回来的，可是春儿没有回来，春儿在电话里支支吾吾地告诉我，她和简总在泰国出差。尽管我心里老大的不愿意，但我还是相信春儿不会故意不回来的。

在一遍一遍的百鸟朝凤的唢呐声中，我们送走了奶奶。爷爷就此跟着大伯去了北京生活。

可能是发送奶奶这几天的忙碌，章杰忽然病倒了，头晕目眩，不停地呕吐，连眼睛也不敢睁开。尽管之前章杰就有爱头晕的毛病，但这次着实是把我吓坏了。拨打 120 急救电话后，救护车疾驰着把章杰送到了县医院。一系列的检查之后，大夫告诉我，章杰的病源于先天性脑供血不足，劳累、休息不好、生气、气温变化等因素都会导致脑供血不足加重，好在安心住些日子院，没什么大碍。这样我一颗悬着的心才多少放了下来。

医院的缴费大厅人头攒动。我刚给章杰办好了住院手续正想上楼，一个久违了的熟悉的声音在背后喊我：俊杰，你怎么在这里？我站住脚，回头，竟然是柳郁！很长时间没有和柳郁见面了，她依然是那样的清秀，而且平添了许多知识女性的成熟。我赶紧上前几步，高兴地和柳郁握了握手，告诉她是章杰生病刚过来安排住院，不过没什么大碍。并问怎么这么凑巧在这里遇到她。柳郁习惯性地扶了扶鼻梁上的眼镜，告诉我她是过来探视一个住院的朋友，正好看到我在这里。说话间柳郁催着我赶紧带她去看看章杰，于是我俩一起上楼，走进了章杰的病房。

上一次和柳郁见面，还是在晓畅满月的时候。柳郁当时来家里给晓畅过满月，买了好几样儿童玩具，看到孩子后兴奋地爱不释手，还在家里陪章杰住了两天，两个人早已经是无话不说的好姐妹了。

柳郁轻手轻脚地走到病床前，看到脸色苍白的章杰紧闭着眼睛，静静地躺在床上，不由得一阵心疼，轻轻替章杰掖了掖身上的被子，又俯下身轻轻地把章杰输液的手放进了被子里。见章杰还没有醒过来，便努努嘴，示意我到病房外面。

柳郁因为担心章杰的身体，责怪我一定是平时就知道忙于工作对她照顾得不够，加上本就粗心，她能够体会到章杰本就心重，虽说给人的感觉倔强好胜，其实内心脆弱得很，告诉我可不能只是忙着工作挣钱就忽视了对于章杰平时的关心。我知道柳郁说的都在理，除了自己承认的确在家庭上做的真的很不到位的同时，也能够感觉到章杰的压力更多的来自和母亲的相处。母亲一直以来都是戴着有色眼镜看待章杰的，无论章杰怎么做，似乎都不能让母亲满意。

我是知道章杰身体情况的，经常因为休息不好起得晚，母亲却不理解，总是明里暗里地叨咕说年轻人哪有那么娇贵，就是懒罢了。好强的章杰总是为了不让我在她和母亲之间为难，硬挺着尽可能早早地起来去和母亲忙那些永远也忙不完的农活、家务，甚至在生晓畅前的两三天，还挺着大肚子和大家一起去地里收割小麦。那时候还没有用收割机，麦秋的时候就靠镰刀收割。大家都是趁着凉快，天不亮就早早的去地里，长长的麦垄，每人一条垅，体力好的总是在前面引领，体力不好的尽可能在后面追赶着。即便章杰只能挺着大肚子半蹲着一镰刀一镰刀的抢着，还是被远远地甩在后面。母亲则偶尔在麦垄间直起身子有意无意地责怪着年轻人的不中用，而章杰只是强忍着不愿意反驳。

大哥大嫂家的小帅比晓畅小两个月，因为他们两口子都是正式工，小帅刚过了满月就被送回了老家由母亲照顾。所以，我家的晓畅就只能由章杰一个人带了，即便章杰偶尔想让母亲替她看一会儿，母亲也是一脸的不高兴，更让人心里不舒服的是她那句挂在嘴边的所谓充分的理由：谁让你们生孩子赶在一起了呢！尽管章杰满腹的委屈，也从来没有和母亲争执过，只能想办法，自己一个人带孩子。偶尔章杰也向我诉诉委屈，我却无可奈何。章杰说她也不是想怎么样，就是这样和我说说，说出来心里会好受些。并且章杰总是说这样和父母在一起，真担心有一天控制不住会生出矛盾来，与其这样还不如去城里买套房子自己去住，反正家里的地我们自己也不种。当时城里已经开始有商品房了，千八百块钱一平方米，有些人已经有机会通过买房的途径去城里生活了。每每这个时候我就劝章杰，再等等，来得及。而章杰总是说让我替她想想，我能感觉到章杰越来越渴望去城里买房，简简单单地过自己的三口之家的小日子……

事情总是事与愿违。尽管我一直回避着家庭矛盾，表面上在母亲和章杰中间努力维持着看似风平浪静的婆媳关系，结果还是迎来了一场让我无法回避的家庭战争。

那天我骑着摩托车下班回家。刚进村拐进自家那条街，便远远地看见我家门口聚集了十几个男男女女在交头接耳。看到我回来，斜对门的刘家大奶赶紧迎上前来对说说：快进家看看吧，你爸把你们的窗户都砸了！

我没顾得上回她，放下摩托车，赶紧进了院子。父亲铁青着脸："我把你们的玻璃砸了。有法想去！"一甩手气呼呼地进了四叔家。母亲则还在院子里嚷嚷着。晓畅和小帅坐在屋前的凉台上哭。母亲看见我回来，劈头盖脸的就是一句：哪有你媳妇这样的？差点儿把小帅给砸死！我让你爸把你们窗户砸了，咋地吧！

能咋地呢？再说即便母亲不说，我也知道父亲砸玻璃是在母亲的指挥下砸的。因为这种事对于树叶掉下来都怕砸了自己脑袋的父亲，是说什么也下不了手的。更何况，在家里，父亲每每都是毫无原则地听母亲的。

"妈你先别闹，丢人不？究竟怎么回事啊？"我问母亲。

"问你那败家的媳妇去！"母亲一边没好气地回我，一边抱起小帅朝大门口走去。

果然，窗户上的好几块玻璃都被砸碎了，炕上散落着飞溅的玻璃碎片。屋里的地上是几块砸玻璃飞进来的碎砖头。章杰躲在沙发的一角，散落着头发，抱头低声哭泣着，见我回来，更是委屈地提高了哭声："这日子没法过了，没有这样欺负人的！"

我走过去拍拍章杰的肩膀："有事说事，怎么回事啊？"

　　原来，父亲和母亲下地干活，就把小帅给章杰送过来一起看，结果章杰在带着小哥俩一起玩耍的时候，本来就愣手愣脚的小帅不小心碰倒了倚在院墙边的小推车，差一点儿砸中小帅，这一幕正好被回来的母亲看到。当时母亲不问青红皂白就责怪章杰是故意不好好看小帅。章杰原本自己就后怕，不成想母亲居然说自己是故意的，于是就反驳母亲冤枉人。结果母亲高声引来四邻，说章杰狡辩，一定是故意的，幸亏自己回来及时看到了，不然小帅就真的不一定怎么样了呢。章杰憋屈的不知道说什么好，干脆就来了一句："就是故意的。"

　　这可更激怒了母亲，喊来父亲出气，让父亲抡起院子里的砖头噼里啪啦就把玻璃给砸了。

　　对门的四叔铁青着脸进来，看了一眼躲在沙发上的章杰："行了啊，我刚把你爸你妈说了一顿，这事四叔清楚，不赖你。就是日积月累的心里不痛快，本来不是事的事就闹成这样。"

　　章杰抬起头，红肿着眼更委屈了："四叔你说，有这样的年纪人吗，我嫁到你们家说的做的哪不好了？两个孩子赶在一块了，当奶奶的只管看着小帅，我说什么了？知道大哥他们两口子都有工作没时间带，送也就送来了，我自己生病，当奶奶的都不管看着晓畅也就罢了，哪有说谁让我们赶在一块了的？赶在一块当奶奶的也应该给看着！"

　　我赶紧制止章杰少说几句，章杰却不听："凭什么少说几句啊，今儿正好，我还非说说不可。四叔在对门儿看得最清楚了，从小帅刚满月送过来那天，我给小哥俩一块喂奶，啥时候分出过两样？对待年纪人儿，年是年，节是节，四叔知道，我们日子紧没钱的时候，我卖点鸡蛋换钱给老两口过节啊，还想让我咋地呀……"

四叔耐心地听着章杰发泄，从兜里摸出根香烟含在嘴里点着："章杰啊，四叔都知道，你先别哭了，本来身体就不好，一会儿再哭出点毛病来，自己受罪不说，晓畅咋办？啊？都知道你啥也不争，都知道你通情达理，年纪人说的做的对与不对，毕竟还是年纪人，闹过去也就行了，谁也别往心里去。"

"俊杰你赶紧找几块玻璃把窗户弄好。"四叔挥挥手示意我先出去，然后回过身朝向章杰："行了啊，快别哭了，赶紧洗把脸，别把晓畅吓到。"

在整个家里，四叔是最受章杰认可的，因为四叔看事情准，看人也看得透，最主要的是公正。不像三叔似的墙头草，在谁那里占点小便宜、得点小实惠就向着谁。

虽说事情过去也就过去了，但相互间心里的隔阂却不是说解开就解开的。尤其是章杰，很长时间在内心都憋着一个疙瘩解不开。其实我对于母亲也是有着一些成见的，只是憋在心里不说罢了。但婆媳间的矛盾总是让我夹在母亲和章杰中间手足无措。

落日的余晖从医院病房的楼道里斜射进来。

柳郁告诉我，她知道我在单位忙，所以没事很少联系。这几天她正在办理工作调动手续，虽然师范毕了业分配到了一所中学，却一直不想在学校教书误人子弟，正好县直机关有机会抽调部分岗位，所以前几天就报了名，经过面试还算顺利，就是还不知道调到哪个部门呢。所以章杰住院正好可以方便照顾。我没有更多的推辞，只是点点头，谢谢她能帮我来照顾章杰。只是不知道柳郁在毕业分配到学校教书后的一段时间里未曾联系，她生活得怎样。柳郁对于自己的工作生活没有更多地和我提及，告诉我她一切都还好。另外，吴小莉应该很快就要结婚了，是毕业后分配到的学校里的一个同事给介绍的，对方条件不错，在县政府上班。

"那挺好的，这样的话，小莉也总算熬出来了，有了着落。"听到这个消息，我真心为吴小莉高兴。忽然担心地问柳郁："对了，毕业也好几年了，你也该考虑自己的事了吧。"

柳郁无所谓地轻轻一笑，摇摇头："这个你就别担心了，我遇不到合适的，等有了合适的再说……"

在医院调理了几天后，章杰便出院了。终于能让我安心地投入自己的工作中。

几个月后，正在二轧钢车间开生产调度会，我放在办公桌上的手机忽然响了起来。当时虽然手机还是新鲜玩意儿，而且价格非常高，一部手机相当于很多人一年的工资，但为了方便联系工作，厂里已经给我配上了一部模拟信号的手机。

电话是厂办打来的，告诉我技术监督局来人了，还带着电视台的人扛着摄像机，让我们停产整顿，叫我赶紧回去处理一下。

赶紧回到办公室，五六个身着制服的技术监督局的工作人员早已经坐在办公室等我了。对于技术监督局，从上到下我是很熟悉的。因为之前叫标准计量局，前不久刚刚换了牌子，改称技术监督局了。但环视这几个人，大多是陌生的面孔，只有其中一个是熟悉的。好在我习惯了这些职能部门的套路，无非就是例行公事走走过场，中午请他们一顿饭罢了。没想到，这次真的不一样。从我走进办公室，那个扛着摄像机的人就把镜头对准了我，着实让我心里没了底。

升格后的技术监督局在统一排查梳理当地钢铁企业的产品质量状况。之前，除了少有的几家大型钢铁企业外，基本上都是使用地条钢、开口锭生产钢材，产品质量很难保证。虽然相关部门早已三令五申淘汰地条钢、开口锭，但由于各生产厂家受设备、工艺的局限，根本无法实现。所以，职能部门也就睁一只眼、闭一只眼，只要上边不撂死闸，也没有过分的监管。

来的人把红头文件往我办公桌上一撂："王总，全县统一行动，从今天开始，我们局成立了五个专项小组，检查督导淘汰落后产能工作，经查，你单位属于停产整顿范围，请马上配合停止生产，现有成品半成品全部进行封存，听候处理。"

看来事态不是我想象得那么简单，经请示赵总，为了防止事态升级，我安排相关车间先停止生产，并且让厂办主任带着几个技术监督局的人到车间把成品半成品贴了封条。

下午我便直接主动去县技术监督局探听虚实。因为之前经常和这里打交道，所以我便径直敲开了法规科的门。

不成想，接待我的居然是柳郁。

当身着一身笔挺制服的柳郁将门打开站在我面前时，我竟然一下子懵在了那里。

"怎么，不认识了还是被我这一身制服吓住了？"柳郁边说便示意我坐下，取了一个茶杯，倒了一杯水放在她办公桌对面的茶几上。

"你调到这里了？怎么事先没告诉我？"我问柳郁。

柳郁则再次示意我坐下："快先坐吧，上次章杰住院的时候我就和你说了工作调动的事，也没成想来到了技术监督局，几个月前报到后就去省城集中学习了两个月，回来刚稳定下来就赶上治理落后产能专项活动，没猜错的话，今天你就是为这事来的吧。"

"嗯嗯，上午你们局里的人阵势不小，停产、贴封条，这样干我们哪受得了啊！起码也应该给我们一个转的机会吧！"我开始向柳郁抱怨着。

柳郁狡黠的一笑："呵呵，这些年你不是挺本事的吗？还有你摆不平的事？动动你那歪心眼儿，还有你解决不了的事儿？"

我把刚端起的茶杯往茶几上一放："你别拿我开涮好不好，一千多人的厂子说停就停了，这哪儿受得了？赶紧说正经的，接下来咋办！"

"嘿，你这不像是求人来的呀，该咋办咋办，你说想咋办？"柳郁居然和我摆起了谱。

"你快拉倒吧，没来几天，官儿不大，脾气倒是不小，快给我支支招儿吧!"

柳郁终于收敛起一直挂在脸上的狡黠的笑,把这次治理落后产能的前前后后要求一五一十的讲给我听。我知道了这次的治理力度越来越大了,好在,并不是我想的都一棍子打死,而是循序渐进,设定了治理期限,企业只要按照相关要求先拿上来进行工艺设备的改造的方案,局里不是不给机会。

弄清了情况,我悬着的心才多少放了下来。

"怎么样,晚上我做东,给你夸夸官,顺便叫上你们科里的同事?"我端起茶杯喝了一口水,邀请着柳郁。

"给我夸官?省省吧,哪天单独请我还差不多。不过,你倒真的可以叫上执法队的几个人,请请他们,否则,在整改期间,没准什么时候他们就去厂里找你的麻烦了。"

柳郁的提醒倒是真的,执法队的人平时没少打着执法的旗号下企业。

约好了执法队的几个人,晚上酒足饭饱之后,我带着大家去了安丽的那家歌厅。

很长一段时间没有安丽的消息了,在我心里一直牵挂着,无论怎样,一个姑娘家也不适合在那种环境下生存。

安顿好执法队的几个客人,我找到了安丽。尽管安丽刻意想回避我,但我还是一把拉住了她。我问她为什么不好好在厂里上班,怎么就跑到这种地方来了,一个姑娘家家的,难道就没想过别人会在背后说三道四?

"科长,我……"安丽欲言又止。

"有什么你尽管和我说，千万别自己撑着。"我拍了拍安丽的肩膀。

没想到安丽居然猛地扑在我怀里，双手紧紧地搂着我的脖子，将头埋在我的胸前，不停地抽泣起来。

我只能僵直着双臂轻声劝慰安丽："别这样，别哭，有话好好说啊！"

安丽没有理会，依然紧紧地扑在我怀里。

我僵直的手臂松软下来，轻轻地放在安丽的肩头。就这样静静地等她情绪平复下来。

当安丽稳定下来之后，我才从她口中得知，她家里出了变故。安丽的母亲得了癌症，一直在天津肿瘤医院治疗。家里本就没有什么积蓄，高昂的治疗费用压得她父亲喘不过气来，尽管知近的亲戚都给了帮助，可还是欠下了高额的外债。为了能替父亲分担，她只能找一份挣钱多、挣钱快的事儿做。

安丽说她自己本来就喜欢唱歌，加上正好市里有个朋友和歌厅的老板熟悉，就介绍来了这里。尽管这样的场所乌七八糟，但她就是在大厅给客人们唱唱歌，别人说什么不重要，自己知道自己在做什么就行，再说了，现在的她不能和钱过不去。

我相信安丽说的都是实话，但我真的不愿意她生存在这样的环境中。忽然，不知道我错了哪根筋，拍拍安丽的肩膀："这样吧，听我的，我知道这个行业来钱容易、来钱快，你自己开个酒吧好好经营。我们那几乎天天有应酬，客源你不用发愁。"

"啊?"安丽的一双大眼一眨不眨地盯着我，"科长，你拿我开涮呢吧，就是我想开个酒吧也不可能啊！"

"怎么会呢，怎么不可能啊?"我问道。

"科长啊，开个酒吧要好几万的投入，我哪来的本钱啊。对了，除非把我自己卖了。"安丽无奈地摇摇头。"唉，老姑娘了，估计也没人要了。要不这样，科长，我当家把自己卖给你了。"

我知道安丽在和我开玩笑，不过还是把脸一沉："安丽，别胡说八道！不过你不要发愁，启动资金的事我来想办法。"

我都不知道当时怎么就这么痛快的把开酒吧的启动资金给大包大揽过来了。

很快，安丽就在县城找到了一家正要转手的酒吧。那家酒吧的地理位置还不错，因为老板转行去做铁粉的生意，一来没有时间再经营，二来没有倒腾铁粉挣钱快，正想着转出去。安丽拨通了我的手机，告诉我这是个机会，什么都是现成的，接手就能开业经营，县城这种酒吧还不多，要是能盘下这家酒吧，赚钱应该很容易。只是钱要一次付清，还差十来万块钱，看我能不能解决。我告诉安丽，不要着急，先和对方定下来，钱的事我抓紧落实。

其实我当时手里没有那么多钱，但为了安丽能有一个稳稳当当的事情做，我必须想办法去解决。家里的钱章杰从来不过问，再加上怕她误会，我也没有告诉她这件事。只是差的几万还要想办法。

当时能够一下子拿出几万块钱的不多，于是我想到了春儿。我没有直接告诉春儿钱的用途，只是说有个很要好的朋友做生意，临时倒不开。春儿知道我在朋友面前好逞强，为了不让我丢面子，很痛快地答应下来。

终于盘下了酒吧。那间酒吧说不上大，两百多平方米，楼上楼下两层的空间，一楼是吧台和散座，二楼是包厢。安丽兴奋地领着我从一楼到二楼上上下下看了一圈。然后带我走进二楼最里间的办公室。

"科长，别笑话我啊。我这办公室简单了点，还兼宿舍，自己一个人足够用了。"安丽让我坐在人造革的沙发里，沏了一杯茶递了过来，告诉我她已经安排好了，这间酒吧算我们两个人的，经营的事不用我操心，她会尽快想办法把借我的钱还上，但是以后的利润会和我平分。

"这个用不着的，你安心经营就是了，既然钱是借给你的，你就不要多想，也不用急着还，股份我可不要。"我连忙朝着安丽摆了摆手。

"科长，咱不争了，你听我的就是了。以后这也算你的一个落脚点，招待客人就不要去别处了，自己没意思了随时过来，可不要见外。"安丽一边侍弄着墙角一盆盛开着的山茶花，一边给我布置着任务。

安丽知道我最喜欢山茶花，不知道是巧合还是安丽有意，居然在房间里摆了两盆山茶花。

"放心吧，我身边的人以后都会介绍到这来，你的生意我必须照顾。"我心里有数，很多和公司有业务往来的人几乎每天都会进出越来越多的洗浴、歌厅、酒吧，反正在哪都是消费，这个人情他们还是会给我的。

正式接到了吴小莉结婚的邀请。

几个要好的同学都参加了吴小莉的婚礼，柳郁更是忙前忙后地跟着操持着。和我安排在一桌上的是高中的同学，大多都是刚刚大学毕业分配工作不久，分布在各个机关企事业单位。毕竟毕业后很少联系，席间不免相互多喝几杯。尤其是程峰，端着个酒杯围着桌子挨个敬了几轮。

席间，知道了程峰师专毕业后去了一九四总队，现在是那里的交警。而陈瑜因为连续两次高考落榜，便去了总队的招待所，做了一名普通的前台工作人员。

看得出陈瑜基本上一直都没有正眼瞧程峰，我感觉到他俩的关系现在一定不怎么样，甚至很僵。

果然不出我所料，程峰师专毕业后就把陈瑜给甩了。原因是他分配后是干部身份，而陈瑜只是一名普通工人，程峰瞧不上工人身份的陈瑜了。没当着其他人的面，在酒店的卫生间门口，我骂程峰："当初读高中的时候不择手段的追求人家，现在就因为人家没上大学，怎么就瞧不上了呢？"

程峰倒是不以为然地回我："此一时彼一时，谁让她只是一个工人身份啊，我现在是干部，娶个工人老婆图个啥？我有病啊？你师兄我在单位也是一表人才，必须娶个干部身份的，将来才会有更好的发展。"

"师兄，我明白了，人各有志。不过，我还比不上陈瑜这个正式工呢，就是一个打工的。为了不给你丢人，以后也躲我远点啊。"我忽然特别的讨厌程峰了。

"师弟，可不一样，你哪是打工的呀，你是大老板，咱得多亲多近。"程峰一边搂着我的肩膀向我套着近乎，一边和我一起回到了酒桌上。

"对了，把你的大哥大借我用用呗，我打个电话。"程峰放下酒杯，拿过我的手机，如获至宝般一个数字一个数字地摁下去，不知道拨通了谁的电话。

"喂，喂，听不出我是谁？你猜。猜不到？交警队程峰。哎呀，我哪有钱买手机啊，这是我师弟的，人家是大老板，有时间我让他请你。没说的，他必须听我的。"程峰一连拨通了几个电话，没有一个是正经事，都是在向对方吹嘘他有我这么个师弟。

"师兄，过完瘾了吗？你知道这手机话费多高吗？"我懒得看他显摆，一把将手机从他手里夺了过来。

"别说，这玩意儿真的挺好用啊，有时间借师兄玩两天呗。"程峰觍着脸说道。

"师兄还知道自己姓啥不？"我白了程峰一眼。

上学时候最单纯的同学情谊，居然被现实击得粉碎。我不知道程峰攀高枝的想法对错，更无法理解在地位、金钱面前的爱情居然如此的不堪一击。

时位移人，这就是现实吧。但我相信，更多的人在坚守初心，这是根！

酒宴后，同学们都没有散，而是回到了吴小莉的新房。所谓新房是学校分配的宿舍，虽然简陋，布置得却很温馨。

程峰招呼着打开录音机，放起了舞曲。几个男男女女的同学跳起了交谊舞。我不会跳，坐在边上和陈瑜聊天，主要是想开导开导她。陈瑜倒很轻松，并没有我担心的那样。她告诉我，现在的人就是这样现实，不过自己过得也挺好的，普普通通、简简单单，开心就好。

是啊，普普通通、简简单单，开心就好。

从吴小莉那里出来，柳郁向我发出了邀请："难得赶在一起，去家里坐坐吧。"

"不去！你知道的，你们家的门槛太高，没必要让左邻右舍说三道四！"一种莫名的感觉好像突然涌了上来。如果说今天我所看到的程峰让我心生厌恶，那么，几年前那个瞧不起农民，断送了一个农家子弟美好前程的人忽然又显现在我的脑海里，更让我悲愤！

"都这么多年了，你这是何必呢？无论你做什么，是什么身份，难道谁敢怀疑你的能力？我不知道你这是在报复谁，还是自己不自信！"柳郁责备的眼光注视着我，让我忽地就像个不知所措的犯了错误的小学生。

"爱去不去！缺你去似的！"没想到柳郁真的生气了。

我不想柳郁生气。从认识那天开始，我只希望柳郁永远开心快乐。她好是我最大的心愿。"我去，我去！"我紧着走了两步追上了柳郁。"不过，我只是去看看你妈，别人我真的不愿意看。"

柳郁"哼"了一声："你自己琢磨着没错就好，看着办！"

我自己琢磨着就是没错！

半路上买了些水果拎在手里："这可是给你妈买的啊。"

柳郁狠狠地瞪了我一眼："你有完没完？谁也不缺你的东西！"

开着厂里顶账过来的那辆尼桑车，我一路纠结着跟着柳郁走进了她家的小区。此时，柳郁的家已经搬进了楼房。那是房改之后，在教委建起的教工楼小区买的。

柳郁领我敲开了她家的门。柳郁的母亲见到我还是那么热情，只是她爸见是我，打了个招呼说正在准备教案，便躲进了卧室。

柳郁妈洗了水果往我手里塞，还给我沏了杯茶，一边忙活一边关心地问我工作的压力大不大、章杰娘俩好不好。

我的心里五味杂陈。

从柳郁家里出来，我的心一直沉甸甸的，不是放不下什么，是自己放不下自己。其实这几年我的内心一直放不下的是什么呢？有什么放不下的呢？

夕阳西下，落日的余晖映衬着这座我所讨厌的县城。马路上熙熙攘攘的车流，忙碌了一天的人们从各个方向涌了进来，各回各家。本来也要回家的我不知不觉间，居然把车开到了安丽的酒吧门前。

安丽的酒吧里霓虹闪烁，人影婆娑。我径直上了二楼，敲开了办公室的门。安丽见我通红着脸，便抱怨着："科长，怎么喝了这么多酒啊，一身的酒气。"然后赶紧上前把我搀扶着坐在沙发里。

"没事，今天老同学结婚，高兴就多喝了点，多不了。"我解释着。

"快拉倒吧，就你老人家这脸，喝得跟猴屁股似的，肯定没少喝。"安丽一脸的不高兴。

"有酒吗？我还想喝。"我问安丽。

"科长，咱家是酒吧，没什么也不能没酒啊。不过中午你一定喝了不少，别喝了啊。"

"不行，赶紧的，我要喝酒！"

"好好好，你是老板，听你的。"安丽拗不过，亲自出去拿了一瓶红酒进来。

我什么也不再说，只是倒满一杯，一饮而尽。再倒满一杯，再一饮而尽。安丽见劝不了我，索性就也倒满自己的酒杯，一杯杯陪我。

"安丽，你说实话，我这个人怎么样？"

"科长，怎么了，你挺好啊！"

"我哪好？一个庄稼佬，连个大学都考不上。"

"你看，真喝多了，赶紧的，来床上眯一会儿醒醒酒。"安丽扶起我，走向办公桌后面的床铺。

"没有啊，真没喝多，我就是心里不好受，想听听实话。"

"科长，你真的好，好得不得了，行了吧。"

不知道是我躺下的瞬间拉着安丽的手没有及时松开，还是安丽因为扶着我不小心一个趔趄。在我倒在床上的瞬间，安丽的身子也随着倒了下来，结结实实地压在了我的身上。

四目相视，短暂的窒息后，我紧紧地把安丽搂在了怀里。

"科长，别，别这样。"安丽嘴上说着让我放开手，却用力地抱紧了我，忽然埋下头，将温热的嘴唇贴了下来，紧紧地覆在了我的唇上。

不知道是借着酒劲，还是一种原始的冲动，我一辘辘身子，将紧闭着双眼的安丽压在下边，发疯似的亲吻着她。我的心跳加速，更能感觉到安丽紧张不安的心跳。

安丽一双嫩滑的手搂着我的脖子，笨拙地迎合着……

"科长！"忽然安丽一把将我推开。"我们不能这样！"

安丽站在了床边，整理着凌乱的上衣，"科长，你真的是喝多了，别这样好吗，你有嫂子，还有晓畅，不能对不起他们！"

是啊，我不能对不起章杰和晓畅。

章杰自己一个人带着晓畅的确不容易。自己身体本来就不好，尤其是脑供血不足的毛病，去了多少次医院，吃了不少各种各样的药，效果一点也不明显。加上晓畅作为一个男孩，调皮得不得了，经常闹得章杰休息不好，而我忙于公司的事，一点也帮不上忙。而母亲从开始就瞧不上章杰，婆媳关系处得就不好，再加上还要看着哥哥家的小帅，所以，真没有人能够给章杰替手替脚。

好在老叔老婶看在眼里，主动伸手帮着章杰带晓畅。为此，还经常被母亲数落，说老叔老婶多管闲事。而老叔老婶知道母亲的脾气，从来不和她计较，尽心尽力地帮忙照看着晓畅。所以，晓畅从小就和老叔老婶亲。

同样三叔三婶就不同了。三叔三婶怕得罪母亲，从来不敢和我们走动。

晓畅已经三岁了。那天章杰去镇上赶集，把晓畅放在老叔家玩。老婶没有什么东西给饿了的晓畅吃，便半开玩笑的告诉晓畅去对门三婶家的西屋偷两个鸡蛋回来煮着吃。

之所以老婶不去直接和三婶要，是因为她知道，即便张嘴，三婶也会找一大堆的理由拒绝的，所以就故意让晓畅去偷。

当晓畅蹑手蹑脚从三婶家的西屋一手拿了一个鸡蛋出来，正想跑回老婶家的时候，还是被恰好从东屋炕上下来拖着小板凳挪出屋的三婶发现了："晓畅你干啥呢?"

晓畅被突如其来的三婶的一声呵斥吓呆了，手中的两个鸡蛋不由自主地"啪"的一声掉在地上，随即号啕大哭起来。看着地上摔碎的两个鸡蛋，三婶心疼地挪动着屁股下边的小板凳，找了一个碗，将碎鸡蛋收了起来："这败家的孩子，玩啥不好，摔鸡蛋玩。这两个可不能糟蹋喽，晌午给你三爷炒了吃。"

老婶听到晓畅的哭声，赶紧跑了过来，一把抱起晓畅："不哭不哭，老奶给你买好吃的去。"

虽然老婶没说什么，但身后依然传来三婶的唠叨声："可得好好管管这孩子……"

尽管我不说，但对于三叔三婶，心里还是始终有着结的。记得在宏文钢厂的时候，刚刚开始流行摩托车，章杰见我喜欢，便劝我说要不就买一辆吧。当时四千多块钱手里都凑不够，我便张口向母亲借了一千。谁知没过一个月，三叔居然找上门来，说借母亲的那一千块钱是他的，现在有急用，让我赶紧还了。当时实在没有办法，还是章杰大晚上的骑上自行车回到娘家，从她妈那里找了个存折回来，第二天我去到银行支了一千块钱，还给了三叔。后来三叔看我一脸的不高兴，居然偷偷地告诉我，这是母亲的主意。说母亲不愿意借给我们，又不好意思直接拒绝，所以就绕了个弯，让三叔过来要。

我心里说不出的难受，不帮也就罢了，何必这样呢？再说三叔更是可恶，在这里面充当的是什么角色呀！其实我知道三叔的心思，就是没看好我，以为我没啥出息罢了。

也是，谁会瞧得起一个没出息的人呢？旁人自不必说，家人往往也是如此罢了。

其实生活中千万不要随便给谁去贴标签，不一定什么时候就能用到谁。

三叔家的王玉去年初中升学考试不理想，复读了一年。谁知中考的政策有所变化，复课生不允许报考中专类院校。这可把一心也想读个中专早早毕业分配参加工作的王玉急坏了。当然，三叔三婶也跟着急，却又没有一点办法，只知道窝在家里转圈发愁。

初中时候一直教我的克东老师已经是县教委的副主任了，我们一直有联系，关系处得很好。为了王玉的事，我专门跑了一趟，去找克东老师。

克东老师了解我家里的情况，也知道三叔三婶的情况。出于同情也罢，给我面子也好，总之，过了没几天，克东老师打电话给我，给王玉的学籍做了一下变通，成了应届生，这样就可以踏踏实实的在接下来的中考中填报中专志愿了。

我没有直接去告诉三叔三婶，而是让母亲把话儿传了过去。当天晚上，三叔居然怀里揣着一条烟过来答谢我。讪讪的堆着笑脸，说我帮了大忙，这可是王玉一辈子的事。临走非赖着把那条烟扔在了炕上。

帮王玉解决学籍的问题，对于我而言只是举手之劳而已，也是我应该做的。王玉也争气，顺利地考取了心仪的中专，一家人自是都为他高兴。

本以为这事儿就过去了。没想到一次偶然的机会听到三叔的话，又让我心里痛痛快快地堵了一次。三叔居然说后来经过落实，王玉学籍的事根本不是我找关系办的，而是王玉的大姨夫托了正经关系给办下来的。三叔逢人便说白搭给了我一条烟！

本想去找三叔，我有能力解决王玉学籍，就有能力再作废了它。老叔狠狠地骂了我一顿，让我不要和三叔计较，毕竟这是王玉一辈子的事，毕竟这是家里的事。一家人能帮则帮，否则还怎么是一家子呢？

没错，一家子，不论谁有事，有能力的就应该多帮衬。赵总为此遇到了更挠头的事。

赵总一连几天住在厂里没有回家，不是事情多，而是不敢回家。原来，企业改制，公司落在赵总名下后，他的几个姐夫轮番找到家里，说厂子是自己家的了，外人还都在用，凭什么就不用家里人呢？

在家里，赵总是老小，年龄和上面三个姐姐差距比较大，加上后来高中毕业后就来到了离家几十里之外的草泊乡，从小家里都是几个姐夫照顾，所以这几个姐夫每每以家里的功臣自居。现在赵总成事了，便削尖了脑袋想掺和掺和，这个光一定要沾的。

赵总太了解他的三个姐夫了，就是地地道道的庄稼汉，给他们机会做点小生意还行，要是弄到厂里来只会添麻烦，因为他们要的不是找个岗位做事，而是都想沾沾光弄个一官半职的。

今年春节的时候就闹得一家子没过好年。这不，前些日子端午节，三个姐姐、姐夫组团借着给老两口过节的机会，又强烈的要求赵总赶紧安排。

赵总没接这话茬儿。

他三姐夫借着中午的酒劲儿，居然忽的一下从沙发上跳了起来，当着所有人的面，扑通一声跪倒在老太太面前鸡啄米似的叩了三个响头："妈呀，您老人家这些年拿我一直当亲生儿子待，我无以回报，就怪我没能耐，不过您放心，就是带着他们娘俩要饭，以后我也不会再登这个家门了，临走给您老人家磕几个头，算给您尽孝了。"然后假装抹了抹眼角，站起身便往外走。

老太太受不了了："志刚啊，赶紧把你三姐夫叫回来！"

赵总没好气地回道："不管他，让他要。除了会开个小拖车，啥也不会干，去了的话除了添乱，还能干啥？"

"不行！你要是不给你三姐夫安排，我就跳楼！"老太太也从沙发上站了起来，直接往五楼的阳台冲过去，推开窗户就往外钻。

赵总两口子赶紧冲过去，搂住老太太，使劲地往回拽……

平复了老太太的情绪，赵总说开车去追三姐夫，便离开家躲到了厂里。

赵总左右为难。这个三姐夫就是抓住了赵总是个孝子的软肋，搬出了老太太来压自己。

我能理解赵总的难处。其实姐夫们说得也有道理，用谁都是用，只要把他们安排在合适的位置，其实也没什么不好的。所以我劝赵总："这事你不用为难，我安排吧，他们跟我应该不会耍赖的。"

"你真的不了解他们，简直就是狗皮膏药，贴上就甩不掉的。"赵总摇着头。

"放心吧，你让他们过来找我就是了。"我信心十足。

"记着啊，请神容易送神难，你要想清楚！"赵总给我提着醒儿。

的确，请神容易送神难。

当赵总的三个姐夫及外甥，还有其他亲戚陆续进入公司，陆续渗透到生产车间、财务、供销等管理岗位，一个庞大的家族企业便逐渐形成。

一家发展中的民营企业，随着公司里盘根错节的家族势力日渐凸显，经营管理中的利益纠葛及各种矛盾便也随之而来，以至于让我措手不及，甚至无可奈何……

随着设备工艺的改造升级越来越迫在眉睫，高炉转炉的立项报告也在紧锣密鼓的筹划之中。

尽管我越来越忙碌，我还是抽时间频繁的在电话中说服着春儿，让她回家。事情就是这样，自从春儿当年离开，越不回来，就越不敢回来。我必须给她找个让她能够接受的借口。

转眼就又是 7 月 28 日了。这个日子对于唐山人而言，融入了太多的局外人无法体会的情愫。我想借这个特殊日子的机会，让春儿回来，毕竟一晃都已经七八年的时间了。

让我意外惊喜的是，突然就接到春儿的电话，告诉我她订的明天广州直飞北京的班机，下午两点，问我有没有时间去机场接一下她。

"有，春儿，你放心吧，我开车去机场接你！"听到春儿明天就回来，我真的兴奋得不得了。

挂掉春儿的手机就赶紧又给家里拨通了电话，让章杰去通知父亲母亲春儿明天回来的消息。这可是家里的一件大喜事，得好好张罗张罗。

从机场将拎了两个大行李箱的春儿接回来，母亲的院子里早已经聚集了全家的人。车子刚停稳，众人便急切地簇拥过来。春儿打开车门，下车，"妈，我回来了——"便一头扑进早已张开怀抱的母亲，两人相拥而泣。

"我闺女回来了，真好，我闺女回来真好！"母亲紧紧地搂着春儿，不停地叨咕着。

父亲则站在旁边一边擦拭着眼角，一边催促着母亲："快先进屋，快先进屋。"

"对对对，春儿，跟妈快进屋。"母亲拉住春儿的手就往院子里边走。春儿则挽住母亲的手臂，将头斜倚在母亲的肩膀上，在众人的簇拥下进了屋。

春儿向围了一屋子的人深深地鞠了一躬："对不起大家，让家里人惦记了！"

"没事儿，没事儿，回来就好，回来就好。"众人你一言我一语，眼里都噙满了喜悦的泪花。

老叔老婶、继宗二叔两口子等人赶紧忙活着摆桌子、端菜，张罗着大家围坐在院子中。大家纷纷议论着回来的春儿，出落得越来越漂亮了，一看就知道在外面闯荡得不错，一定是见过了大世面。

春儿让王玉、小伟几个兄弟赶紧把汽车后备厢里两个大行李箱拎了进来，打开，招呼着每一个人，都给他们带了礼物。

晓畅接过春儿特意给他买回来的复读机，迫不及待的让章杰给装好电池，爱不释手地研究着怎么用。

母亲则被春儿拉过来，亲手将一枚黄灿灿的金戒指戴在母亲的手上，又取出一条精致的金项链给母亲戴在脖子上。母亲乐得合不拢嘴，那只戴上戒指的手扬在胸前都忘记了放下来……

几个本家的婶子大娘羡慕的目光聚集在母亲手上、脖子上，唏嘘着，眼馋的久久不肯移动。

继宗二婶更是凑在母亲身边，一边抚弄着挂在母亲脖子上的金项链，一边冲着大伙嚷嚷着："看看看，我是想明白了，这闺女就是比儿子强。将来呀，我比二嫂子还美，我有俩闺女。"

继宗二叔瞟了二婶一眼，"哪都有你，好好吃你的饭！穷也好，富也罢，谁家过的不是人？有本事你也生俩小子！"

继宗二婶老大的不乐意，"你还有脸说呢，那生啥是我说了算？种啥长啥，赖我咋地！"

四叔看看继宗二叔，又看看继宗二婶，把酒杯往桌子上一撂："你俩又斗嘴是吧，真没事闲的！咋就活不明白呢？我说这孩子们啊，不论男孩女孩，只要成人，有志气比啥都强，咋还在乎男孩女孩啊！大伙都看看春儿，依我看哪，比那小哥几个就是有出息。"

"这春儿真的是有出息，发了大财了。三叔看着就高兴，不成想还给你三婶我俩带了礼物，看来小时候没白稀罕你!"三叔边夸着春儿懂事儿，边将春儿递过来的礼物塞进怀里，揣了又揣，生怕被别人抢走似的。

四叔端起酒杯一饮而尽："出门在外不容易，发不发财不重要，咱们也不图啥礼物，孩子能平平安安回来了比啥都好。"

"对对对，平安回来比啥都好。"三叔不自然的堆着笑应承着四叔的话。

老婶拉着春儿的手，问寒问暖，说一个人在外一定吃了不少的苦，可委屈这孩子了。春儿告诉老婶这几年真的过得挺好的，让老婶别担心。

老叔手里端着一盘炸好的饹馇签儿，凑在春儿身边，"快尝尝，这是老叔特意给你炸的，我家春儿打小就爱吃老叔炸的饹馇签儿。"

春儿从老叔端着的盘子里拿起一块饹馇签儿放进嘴里，细细地嚼着，"真好吃，还是那个味道。"

"那就多吃点，谁也别抢啊，都是春儿的。"老叔的脸上乐开了花。

王玉、小伟围过来缠着春儿一定要好好给他们讲讲广州是不是电视上说得那样繁华，能不能有机会带他们也去那边开开眼界。春儿拍着他俩的肩膀："没问题，有时间姐一定带你们去玩儿。"

三爷三奶坐在炕上，津津有味地吃着春儿亲自剥开的荔枝："都快别缠着春儿了，赶了这么远的路，一定累坏了，让春儿快歇歇啊。"

"三爷三奶，我不累，难得和一大家子多待会儿。"春儿又捧了一捧带回来的新鲜荔枝给三爷三奶递了过去。

"二嫂，快别忙活了，来，坐这儿快歇会儿。"春儿拉住章杰的手，让章杰坐在她身边。

"我不累，咱姐俩有的是时间聊，今儿晚上去我那睡。"章杰擦了擦额头。

"那哪行啊，我闺女刚回来，哪也不去，就和我睡。"母亲赶紧把话接了过来。

"行行行，我哪也不去，和妈睡行了吧。"春儿赶紧搂住母亲，孩子似的撒着娇。

看到母亲额头日渐增多的白发，春儿的笑容忽然凝固下来，将头凑在母亲肩头，轻轻地抚摩着母亲额头的白发："妈，我们都大了，你和爸都老了，为了我们辛苦了大半辈子，以后是该享福的时候了。"春儿抬起母亲的满是老茧的手，心疼的放在自己的手心，"妈，以后可不能再那么劳累了，咱又不是像以前似的不够过儿。"

"春儿啊，你爸我俩身体还硬朗，干的动就得干，不能拖累你们，我俩呀，得多给自己攒点养老的钱。"母亲摇着头。

"妈，我们兄妹三人都挣钱了，缺不着你们老两口的。"春儿劝母亲。

"拉倒吧，你哥他们都不是过庄稼日子的人，大手大脚的，能自己够花就不错了，我可没指望和他们要。"母亲故意提高了声音，看了一眼我们。

"妈，都用不着你惦记着，再说了，我这几年每个月给你寄的钱足够你们老两口的开销了。"春儿的话音未落，母亲尴尬地看了看我们。

原来，春儿每个月都在给父母寄钱，这是我不知道的，春儿没提过，母亲也没提过。

"妈，你怎么要春儿的钱啊，我们又不是不给，你又不是不够用！"我埋怨着母亲。

"你知道啥呀，那些寄的钱我可舍不得动，我要给春儿攒着，春儿结婚的时候，那都是她的嫁妆！"母亲一脸的严肃。

春儿再次抱紧了母亲，把脸紧紧贴在母亲的脸颊上："妈，那是闺女给你们老两口的，春儿用不着的。"

一行晶莹的泪珠再次从春儿的眼角淌落下来……

春儿回来的第二天正好是一年一度的 7 月 28 日。我知道，她应该是特意赶在这个特殊的日子里回来的。

春儿这次回来，距当年发生唐山大地震已经二十二年了，我相信每一个历经当年那场大地震的人们无论身在何处都会在这一天静下心来，闭上眼睛，让这二十二年的时光在心头重现。作为大地震的幸存者，我们没有被痛失亲人、家园毁灭所击垮，而是携手相助，浴火重生，历经十年重建、十年振兴，足以告慰二十二年前的遇难亲人们，一座崭新的唐山更加焕发出勃勃生机与活力。这其中，我是亲历者，这其中，春儿是亲历者。

　　一大早，我便带上章杰娘俩开车陪着春儿来到了抗震纪念碑广场。

　　广场上的人还不是太多。缓步走上台阶，站在纪念碑副碑前，春儿俯下身，将一束散发着阵阵芬芳的康乃馨轻轻放在碑文前，久久伫立。我默默地走到春儿的身后，轻轻地拉住她的手臂，将春儿拥在怀里。春儿将头倚在我的肩膀上。

　　"爸爸，这是什么？"晓畅指着纪念碑问我。

　　春儿回身抱起晓畅：　"姑姑告诉你，这是姑姑的爸爸妈妈！"

　　"姑姑的爸爸妈妈住在里面吗？"晓畅好奇地问。

　　章杰从春儿手里接过晓畅抱在怀里，指着高耸的纪念碑背身："姑姑说得没错，姑姑的爸爸妈妈就住在这里，等你长大了就懂了，到时候妈妈讲给你听好吗？"

　　"我现在就想听。"晓畅晃动着小脑瓜。

　　"那好！"章杰放下晓畅，拉着晓畅的小手走向纪念碑碑座的花岗岩浮雕，"走，妈妈讲给你听。"

　　"春儿，自己总在外边漂毕竟不方便，回来你也看到了，家乡发展得越来越好，机会也越来越多，香港都回归了，你也该回来发展了。"我拉着春儿的手。

　　春儿挽住我的胳膊，抬起头凝视着高耸入云的纪念碑："二哥，会的。转眼我们马上就到而立之年了。你放心吧，我做好了自己的打算，我知道，这里是自己的家。"

　　越来越多的人从四面八方聚集过来。

"对了，二哥，我有个心愿想让你帮我。"春儿从挎包里掏出一张银行卡递给我。

"有什么和我说就是了，你这是干什么？"我不解地问。

"二哥，这里面有二十万，密码是你的生日。放心，不是给你的，我是想让你帮我用这些钱给村里做点事，毕竟我也不知道最需要什么，你看看用在哪最有意义，我相信你！"春儿拉着我的手，把银行卡塞在我手里。

"啊？春儿，我能理解你的心情，不过没必要这么多吧，再说了，我想是不是先把你父母的坟修一下啊。"我劝春儿。

"二哥，刚才我和晓畅说的是心里话，这纪念碑就是我父母，他们的坟就没必要修了，所以，你一定要听我的，帮我圆了这个心愿。"春儿恳切地注视着我。

"好，你放心！"我坚定地点点头……

村上的小学校还是震后重建的呢，早已成了危房，前些日子村委会正动员大家集资翻盖。我要以春儿的名义，建一座宽敞明亮的小学校，这无论对于春儿，还是我，都应该是最有意义的。

短暂的团圆之后，春儿暂时又回了广州，她告诉我，那边的事情处理好之后一定再回来。我相信春儿一定在心里做好了自己未来的规划。

春儿说得没错，时间过得真快，我们马上就是而立之年了。走过灰色童年、少年、学生时代、初入社会，亲历着时代的变迁，置身波澜壮阔的改革开放的历史大潮之中，面对未来崭新的人生，我也必须开始重新审视、重新规划，让自己的人生充满意义……

弹指一挥间，过往历历在目。作为唐山这座英雄城市的一员，虽然不幸遇到那场惨烈的大地震，但我幸运地见证了这座城市的涅槃重生，更荣幸地参与到了这座城市的发展振兴。

"人总是需要点精神的。"大地震特殊的经历，造就了一群特殊的人；一群特殊的人，凝聚成"公而忘私、患难与共、百折不挠、勇往直前"的抗震精神。这凝聚起来的精神，将永远支撑着我们稳步走进一个新时代，走向更加辉煌的未来。

初入社会

后 记

　　春儿回到广州后，得到了深明大义的简总的支持，辞去了之前的工作，带着自己在一线发达地区积累起来的管理经验和资金，毅然回到了步入发展快车道的家乡，带领乡亲们走上了依托现代科技的新型农业发展之路。同时投身公益，借助自身农业科技带头人的影响力，带动起身边越来越多的乡亲们参与到了脱贫、致富、奔小康的伟大中国梦的实践中……

　　而主人公王俊杰在隆丰钢铁公司，深陷家族企业在原始发展阶段利益纠葛的漩涡，不得不开始重新审视自身的发展定位。面对传统高耗能、高污染企业在转型升级、淘汰重污染和落后产能产业政策中的转变，更逐渐清晰地意识到科学发展的必要性，深刻领悟了习近平总书记关于"绿水青山也是金山银山"科学阐述的重要性。以主人公王俊杰为代表的在大地震后成长起来的唐山人，开始置身于这座凤凰涅槃后的资源型城市转型路径的探索之中……

同时，以主人公王俊杰为代表的众多人物形象，他们对家庭、社会、生活的认知变化不断在相互交织中碰撞，时刻提醒着每个人进行自我检视，自我修正，最终越来越清晰地找到了身处改革历史洪流中作为一个普通人的发展定位。

人生，充满了不确定性。但每个人的人生都需要在每一个节点不断总结、改变、提升，才能紧跟时代的步伐，才能依托伟大的时代塑造自己，实现价值的最大化。

幸福都是奋斗出来的。我们都是追梦人，我们依然在路上。

当《往事冰融》这部长篇小说几易其稿，最终封笔后，很多我身边的人总愿意开着玩笑在书中寻找现实中自己或熟悉的人的影子。在此，一并向大家澄清，作为文学作品的《往事冰融》，书中每一位人物都是在创作过程中依托时代背景以及情节需要虚构产生，请勿对号入座。如果书中的人物刻画，能够引起读者共鸣，让大家从中找寻到或多或少曾经的记忆，并有所反思、汲取正能量，那便是我最欣慰的。

现实生活充满了不确定性，正是这不确定，才让每个人的人生充满了挑战；正是这些不确定，才真正考验着每个人的人性；也正是这些不确定，才更需要我们反思、提升。在此，真诚地向生活中一路伴我成长的所有人道一声：谢谢！

同时，在创作中，得到了《第一播报》编审委员会总编陈志明、唐山市古冶区行政审批局副局长刘自辉、以及部队退役的老领导尚忠臣等各界诸多文学人士的亲切关心、指导和帮助，在此一并致谢！

感谢人民日报出版社各位老师的辛勤付出和无私帮助，使得该书能够顺利出版发行！

2019 年 5 月于唐山